U0076249

LE BALLET ET L'ORCHESTRE
Danse
PARIS
Oct. et 23 Nov. 2014

UN GRAND FILM.
Ours d'Or
Festival de Berlin

BUREAU CENTRAL
DE MUSIQUE
1715
29

每一次出發，都在找回自己。

吳若權

自序——

遇見願意改變的自己

每一顆渴望漂泊的心，都有一生期盼靠岸的靈魂。
然而，不停地向外出走，頂多只能追求心智的成長；
要學著往內在邁進，才會眞正獲得心靈的成熟。

中秋節那天，去電台做現場廣播節目，在大廳遇見久違的她，我多年前在友台工作時的台長。這是非常奇妙的緣分，因為幾分鐘前，在地下室停車的時候，正惦念著好久不見的她，很想要當面跟她說謝謝。是她當年的賞識，邀我獨挑大樑主持晨間廣播節目，我才有機會在這個領域工作將近二十年。

她離開那家電台，連續昇任幾份更高的職務，後來返璞歸真去台東，專職從事公益活動。闊別多年的我們，在月圓人圓的日子重逢，親切地擁抱問候之後，我仔細看到她的改變——徹底地放下女強人的架式；回復到最真實純淨的自己。

每當有機會遇見久別重逢的朋友，我都很細心地觀察他們的改變。我發覺：

改變自己，很不容易。年齡愈大；改變愈難。還在權位之上或坐擁錢味之中時，太多的習氣，都因為身段而放不下，當權位與錢味盡失，太多的顧慮，又因為面子而放不下。所謂的「洗盡鉛華」，不是拋棄美麗化妝的技術而已，還要拿掉巧言令色的自我包裝、放下驕奢矯情的自我意識。能夠毫無戀棧地，重拾自己最初的純真，接受人生和自己都不完美的事實，是何等的心安啊！

送她搭電梯到樓下，揮手道別。感動於老友的改變之際，我在電梯鏡面投射的容顏中自問：「為了得到更好的自己，你隨時都願意做出改變嗎？」那意味著：願意放下很多的執念，接納所有的發生。

出走，就是回來；遊子，亦是歸人；異鄉，即是故鄉

什麼機緣，可以遇見願意改變的自己？有時候，因為映照一面鏡子；有時候，因為重逢一位老友；有時候，因為一段旅行。

而你，多久沒有出去走走了？無論答案是半年、一年、五年、十年或更久；接下來的問題是：是什麼困住自己？家人、愛情、工作、經濟……或只是貪婪地享受現在的擁有，讓你遲遲不願意放手。

即使行動上可以任意地遊走，未必換到心靈的自由。幾年前，我曾經有榮幸與法鼓山聖嚴師父對談，寫成《甘露與淨瓶的對話》（方智出版），席間聖嚴師

父與我分享他閉關的體驗：在那段身形固守於方寸斗室之中的日子裡，心靈卻擁有無限的自由，天寬地闊到可以抵達沒有煩惱的彼岸。

而我畢竟還是個凡人，沒有真正長期閉關的經驗。在家修行；細品人生。宇宙再大，都可以是方寸之間的斗室；胸臆再小，也可以是無遠弗屆的天涯。

初夏，我終於放下許多牽掛，風塵僕僕前往巴黎。在別人眼中，或許只是一段旅程，對我而言，卻彷彿是前世未了的夙願。這是醞釀已久的計畫，也是飛往

心靈的航程。我急著要看看巴黎這個城市風貌的改變；卻又暗自期待她有固守的堅持。直到搭上返程的班機飛回台北，才慢慢醒悟：這個久違的城市，也用了二十年的風華，投映我在這段歲月中自己想法的改變，以及對良善的堅持。

巴黎，一直是我心靈的故鄉。英倫才子艾倫．狄波頓在《旅行的藝術》書中提到：「異國風情讓我們著迷之處，或許就是我們在家鄉渴望而得不到的東西。」玄妙的是：每一個急於出走的遊子，告別鄉親父母之際的說詞都是：「我這趟出去，是要尋找自己！」

從這裡、到那裡；自己，在哪裡？

異國風情讓我們著迷之處，或許真的是我們在家鄉渴望而得不到的東西；但有沒有另一個可能：旅行，是讓我們印證那些曾經的渴望，並非真正想要抵達的目的，我們只是需要一個過程，在旅途轉彎的地方，遇見願意改變的自己。

出走，就是回來；遊子，亦是歸人；異鄉，即是故鄉。當我再度揹起行囊，猶如看見當年那個離家的少年，我每往外跨出一步，就走向內心一里。在地球上每個轉彎的路口，遇見心靈宇宙中不同的自己。

旅行，是透過外界經歷的修行；
修行，是心靈深處內在的旅行

在旅途中每一段的經歷，都有助於自己活出更好的人生。所謂的「更好」，並不是因為更有錢、更富足，而是因為虔敬地願意為愛而改變自己，包括徹底地臣服與完全地接納，世界與自己所有的不完美！這番醒悟對事事都要追求完美的我而言，確實是一種很大的改變。日積月累的習性修正；終於鍛鍊成猶如彩蝶出蛹的心靈蛻變，正是這樣的虔敬與願意，讓我徜徉宇宙的大愛之中，感受自在、而且自由。

巴黎十二天；回望二十年。我終於了解：每一顆渴望漂泊的心，都有一生期盼靠岸的靈魂。然而，不停地向外出走，頂多只能追求心智的成長；要學著往內在邁進，才會真正獲得心靈的成熟。

每一次遇見願意改變的自己，每一回Before & After的發現，都是生命的驚喜。從成長到成熟，人生若非不斷地旅行，就是不停地修行。旅行，是透過外界經歷的修行；修行，是心靈深處內在的旅行。

這不是我發明的繞口令，而是我在巴黎十二天的領悟。十二天的領悟，卻是我等著要回到巴黎期間，用二十年時光裡的脆弱與堅強換來的。然後，我領悟了人生的真理：心智（mind）與心靈（spirit）是彼此精進的雙向道——往返、進出，其實都同時在交錯進行。

《每一次出發，都在找回自己》，是我出版的第一〇二號作品，獻給願意在人生旅途中改變的你。這不是一本應該被歸納在旅行類別架上的書，但我分享的心得確實是因為旅行而發現自己的過程。或許你會在部分篇章看到風景、名勝、美食、購物、交通、住宿等資訊；但我更期待的是：在文字、照片或留白之間，你讀到我精心架構出隱形的心靈地圖；在我赤裸裸地講述自己人生挫折、悲傷、困頓、勇氣、希望、祝福等不同站牌或指標的時候，你將看到專屬於你自己的路途與方向。

把勇氣放在口袋，把祝福收進行李箱，
一場無與倫比的旅行，即將啓程……

contents

愛，說走就走！

每個人都是天生的旅行者。
表面上，我們經由旅行去認識世界；
實際上，我們透過世界來了解自己。
你每往外走出一步，
就踏入自己內心更近一步。

你，是個「說走就走」的人嗎？

印象中，我很早就開始喜歡獨自旅行。因為一個人，最容易「說走就走」！不用等待、也沒有牽絆。

即使是小學的遠足，我都能想辦法脫隊，享受踽踽獨行的樂趣。記得升上五年級時，得知三、四年級的班

導師，從台中新社調職到苗栗另一所偏遠的學校，我和同學約好利用假日去探望他。幾個小朋友搭著慢火車前往，後來因為時間陰錯陽差，我們沒有和老師見到面，只能把禮物（想來還真的很幼稚，我挖出豬公的零錢，買了一個會發出「啾啾」叫聲的塑膠玩具鳥籠，想讓小鳥陪老師唱歌。）掛在他的宿舍門把。性格孤僻的我，最後還是一個人落跑，或許是想要獨自消化失望而歸的心情。卻因此讓同行的夥伴擔心很久，他們以為我迷路失蹤了。

無論實際的觀光旅遊、或抽象的人生行路，我確實常常迷路，所幸我也很願意主動問路，所以偏離正軌沒有多久，就能迷途知返，回到該走的道路。繞了一段冤枉路，卻換得瀏覽計畫之外的風景，我總能這樣以嘲諷的心情，安慰自己想要「停損止血」的心情。

慢慢長大，水瓶座喜歡冒險的性格，依舊沒有改變；但隨著心智成熟，我彷彿懂得做好更多、或更充分的準備再出發。至少，最基本的配套措施，預先訂好食宿交通，聯絡幾位當地的朋友，出境前先幫自己買個可以讓家人無經濟負擔的保險……但完全無礙於我對「說走就走」的渴望。

事前準備得愈少；事後得到的愈多

三十歲第一次去巴黎的時候，網路才剛開始萌芽，沒有那麼多的部落格文字經驗分享或專業旅遊資訊，當時我只買了機票、帶一本旅遊指南就出發。在那次旅行中，體驗到一個寶貴的經驗：事前準備得愈少；事後得到的愈多。至於，事後得到什麼？可能是經驗、教訓、或願意及時伸出援手的貴人朋友……

我慢慢發現，愈是想要預備到「萬無一失」才出門旅行，固然個性細心體貼周到無誤，但或許也是因為內在欠缺安全感，必須要仰賴很多的準備，讓自己放心。但是，也有另一種可能，是因為累積足夠程度的歷練之後，不需太多準備，憑著直覺就已經萬無一失。那是心態上的相對自信，跟實際準備多少無關。

例如：出門旅行要不要帶牙刷？憑經驗就知道當地的飯店會不會提供；即使沒有帶牙刷，也能在附近的便利商店或小店買到；或安慰自己：幾天沒刷牙，用漱口的也行！

就像參加歌唱比賽，固然練唱次數愈多、舞台經驗愈豐富，上場時的表現就愈好。但是，也有一種歌手，是渾然天成，即使沒有經常練唱、舞台經驗不多，一旦站上舞台，就能閃亮燦爛！那是因為：他真心喜歡唱歌。當他對音樂本身的熱愛，超過他對比賽成敗的得失心，就會表現自在。

或許，只有少部分人是天生的歌手；但是，我相信大多數的人都是天生的旅行者。表面上，我們經由旅行去認識世界；實際上，我們透過經歷世界來了解自己。每往外走出一步，就踏入自己內心更近一步。

最遠的天涯，永遠在最近的心裡

我曾遊歷超過三十個國家，看盡人生風景。有些往事，或許不堪回首；有些記憶，渴望舊地重遊。

時隔二十年，重回巴黎。她，依舊充滿生命的活力，累積更豐厚的內在能量，乘載更多來自世界各地的旅人。而我，即使增添很多人生歷練、理性判斷，卻依然細心敏銳、多愁善感。在羅浮宮前的金字塔沉思、在龐畢度旁的史特拉汶斯基（Igor Stravinsky）噴水池廣場前雀躍、在聖心堂裡聆聽祈禱的鐘聲、在露天咖啡座暫時放下自己的一切……我靜靜地，看著永恆的陽光一吋一吋地挪移，認識雲朵才是最沒有牽絆的旅者。陽光和雲朵，他們彷彿約定好了，說走就走！彼此相依相伴，互相等待追逐，即使雲朵化成雨滴，陽光還是在濃雲背後陪伴守候。

Finding you,
finding me and
finding us.

Pizza Vesuvio
Menu

經過許多年、認識許多人、歷練許多事，我終於漸漸懂得了所謂的「說走就走」，其實是有三種不同的層次，反映出旅行者當下的心情、或是他根深柢固的性格：

1. 因為已經做好萬全的準備，所以可以說走就走。
2. 瀟灑不羈，隨興而至，不管三七二十一，說走就走。
3. 面對生命無常的惋惜，在來不及的道別中，感嘆地說走就走。

以上三種不同的類型，都曾經出現在我不同的人生階段中。無論你是哪一種人，在時光的洪流中，我們都是天生的旅行者。即使你不想走，時間也會推著你走。

多年之後，再回到巴黎，彷彿克服萬難，又像呼吸般自然。我終於懂得這句話的真正意義：當下，就是出發；轉念，即可啟程。

BEFORE

所謂的「瀟灑」就應該是漫無目的、隨性而行地出發。

AFTER

能以無憾的心情往返，才是真正的「瀟灑」。

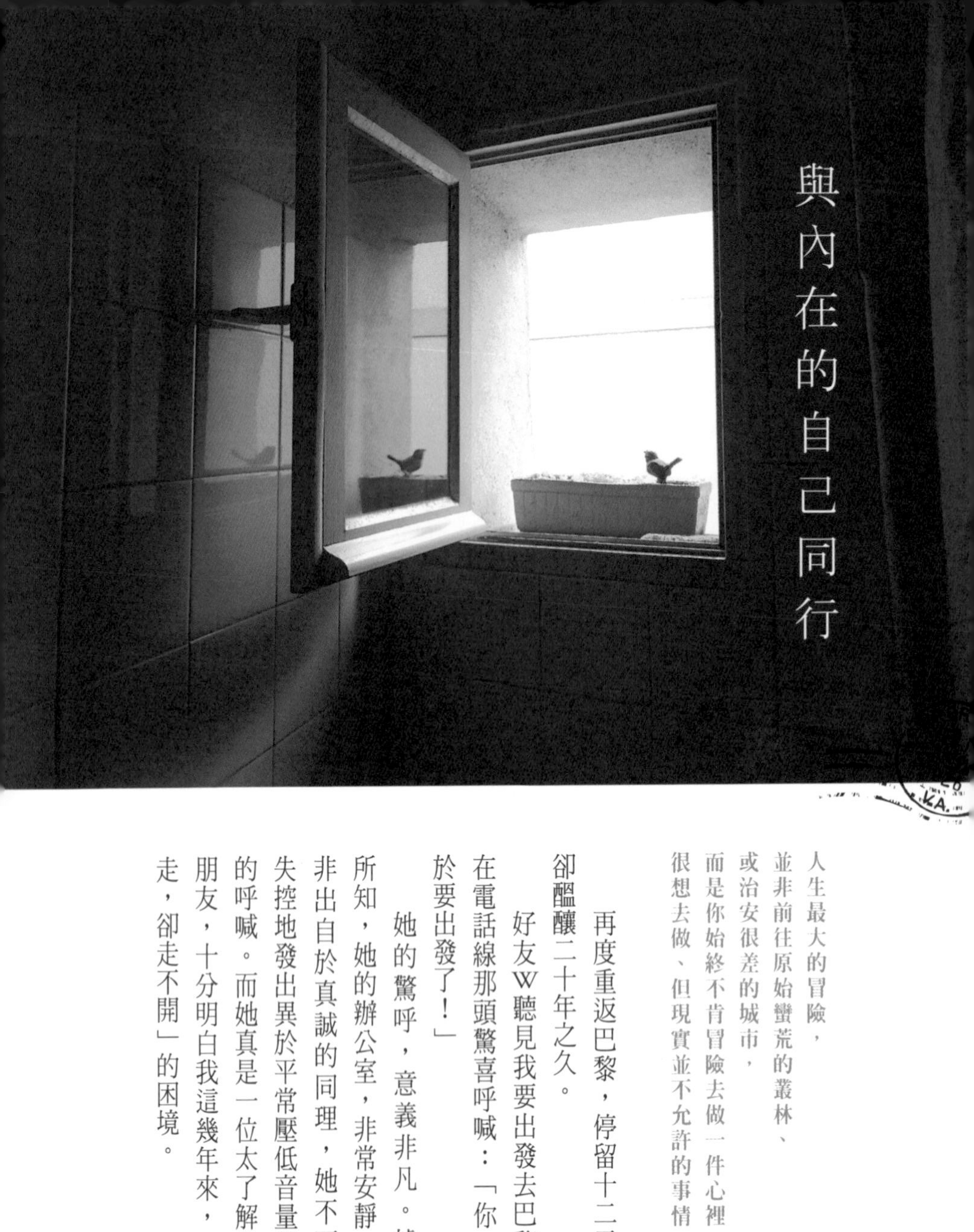

與內在的自己同行

人生最大的冒險，
並非前往原始蠻荒的叢林、
或治安很差的城市，
而是你始終不肯冒險去做一件心裡
很想去做、但現實並不允許的事情。

再度重返巴黎，停留十二天，卻醞釀二十年之久。

好友W聽見我要出發去巴黎，在電話線那頭驚喜呼喊：「你，終於要出發了！」

她的驚呼，意義非凡。據我所知，她的辦公室，非常安靜。若非出自於真誠的同理，她不可能失控地發出異於平常壓低音量講話的呼喊。而她真是一位太了解我的朋友，十分明白我這幾年來，「想走，卻走不開」的困境。

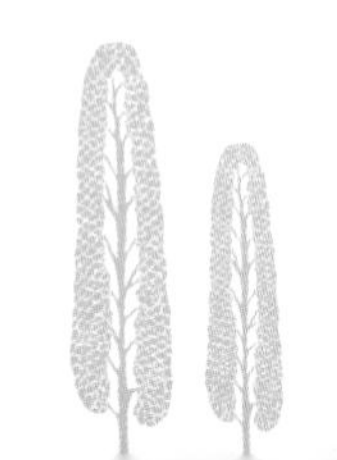

我的心想出去走走；我的身體卻苦苦將他挽留。我的靈魂渴望自由；我的意志卻用人生無窮無盡的責任，將他綑綁在期許自己沒有辜負別人的角落。我每天面對的是：鎮日忙碌到幾乎沒有止境的工作；永遠都覺得自己未盡全力的照顧家人……最後，或許有一天我會發現：在我對得起所有人以後，卻辜負了自己。這是不被允許的遺憾，藉由一次的出走，讓它化身為華麗冒險的勇氣。

而人生最大的冒險，並非前往原始蠻荒的叢林、或治安很差的城市，而是你始終不肯冒險去做一件心裡很想去做、但現實並不允許的事情。（犯法，是唯一的例外。）

原來，二十年來蓄勢待發，終於能再度成行的旅行，是從她的驚呼才真正開始的。它，喚醒我對於內在的邀請。否則，即使我準備再久，排好工作、安頓家人、預訂機票和住宿……都還沒有真正要啟程的感覺。

每次和自己的對話，其實都是一趟心靈的旅行

好友貝蒂各方面都非常優秀，最令我佩服的是掙脫現實束縛的本事。常在臉書看到她出去旅行的照片，時間和地點都不是一般人可以具備的瀟灑。大多數的人都

會找藉口說，我很想去，但就是沒時間啊。但據我所知，她比一般上班族還忙碌許多，卻想去哪裡就會出發。

有時候，我們理智上要去一個地方，情感上並未真正抵達。即使出發，只是意識的行為；心，沒有跟上來。就像我困頓的少年時期，每天揹著書包去上學，歷經一天渾渾噩噩的課程，人確實是去了學校，心卻不在那裡。反而是放學後，常一個人沿著通往郊外的小徑，步行幾個小時，不斷跟自己對話，只有那段路程，我才和真正的自己在一起。

隨著成長的歲月，和自己對話的能力，從來沒有消失殆盡，但它確實在生命中起起落落。而且，我曾經有段時間發現：愈是志得氣滿、意興風發的時候，愈容易忽略和自己對話的機會。反而是困頓挫折的階段，比較有機會傾聽自己的心聲。直到身心逐漸成熟，培養和自己對話的習慣，至少每天晚上睡前可以靜下來想想，讓這樣的能力，可以幫助自己更進一步覺察，不會被喜悅或悲傷的心情，掩蓋對生命本質意義的追尋。

每次和自己的對話，其實都是一趟心靈的旅行。我一直相信，每個人都是天生的背包客。隨時可以扛起行囊，隨地都在重新出發。嬰兒，離開襁褓；幼兒，

Tomates
Cuisine du soleil
Les Incontournables du Cador
* RAVIOLES SAUCE PARFUMÉE à la TRUFFE et son FOIE GRAS POÊLÉ 23€
* SOURIS d'AGNEAU CONFITE au THYM et à l'AIL 21€
* STEAK de REQUIN à la CRÈME du CITRON du SUD 19€
La Bibine d'Hermès 75 cl
CHATEAU du GALOUPET
23€
3 salles

學習爬行；少年，渴望自由；成年，出外奮鬥；中年，懷抱鄉愁；老年，葉落歸根……每個階段，都在旅行。

如果，我們對於旅行的定義，是從「甲地」出發，抵達「乙地」。以地理的立場而言，確實是身體的行動；以時間的角度來看，一旦開始啟程，就是踏上歸途；以心靈的觀點述說，是在現實與記憶之間的漂移。而有些記憶是在過去、甚或前世，有些記憶，是在未來。

隨時邀請內在的自己出發！這是身體與心靈的並肩合作，也是意識與潛意識的溝通協調，更是心動與行動的完美結合。

人生道路，隨時可以重新出發

這幾年來，我發現很多人的身心靈不合一，連帶著心動與行動，也未必同時發生。以下列表格，做個簡單的分析與解釋，請你試著對號入座。

	心動	沒心動
行動	〔A〕既心動；又行動。	〔B〕只行動；沒心動。
沒行動	〔C〕只心動；沒行動。	〔D〕沒心動；沒行動。

類型〔A〕既心動；又行動：是最完美的人生，可以不留遺憾地活著。

類型〔B〕只行動；沒心動：或許夠努力了，但沒有感動自己，也就很難打動別人。做任何事都只是徒具形式，事倍功半。

類型〔C〕只心動；沒行動：這樣的人生，彷彿是宅在家上網或看電視，什麼都看過、聽過，但沒有實際體驗過。

類型〔D〕沒心動；沒行動：這已經比「行屍走肉」還不足了。

試著看看你是哪一類型的人？在人生道路，隨時可以重新出發，問題是：你一定要先認清，此刻的你，是和怎樣的自己，同行？

BEFORE

靠理性主導行程；
用意識體驗風景。

AFTER

讓感性與理性並肩齊步，
接受直覺和靈性的引領。

自律之後好自由

年少的時候，多半要存夠金錢、累積假期，才能出發。
心智成熟之後的人生，往往責任感太重，
需要的是願意放下擔憂的瀟灑與決心，才能啓程。

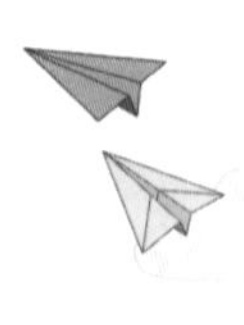

做了將近二十年廣播節目，有關研究及討論親子教養的議題，至少超過一千場次。我訪問過生養一、兩個優秀小孩，就把自己的家庭經驗化成教養寶典的自信父母；也邀請過引經據典、身經百戰的教養專家。其中有些建議，只適合於某類型的小孩；有些原則，可以放諸四海皆準。

很多教養方式，其實存在個別的爭議。最典型的例子如：虎媽的管教，在當今的社會，還能期待「棒下出孝子」嗎？儘管答案眾說紛紜，而我相信：堅持多元性的思考，固然未必可以提供標準答案，但絕對可以讓每個想法的邏輯，都更加周延。

還有另一個常有爭議的講法，就是幫孩子的表現記點。例如：今天很乖（通

À 85 MINUTES DE PARIS
Centre
Pompidou-Metz
CENTRE
POMPIDOU
METZ

俗的定義是：孩子表現，符合父母期望！）就記一點；幫忙洗碗，也記一點；考試成績達到進步標準，再記一點。只要累積十點，可以換零用錢或玩具。

有些教養專家認為：制定適當的激勵標準，有助於規範孩子的表現；但也有一些我很尊敬的教養專家表示：記點的副作用，會讓孩子變得現實，必須要獎勵，才有動力，而不是自動自發，去追求一個更好的自己。

當子女長大之後，照護家庭的角色與父母互換

我的父母，從來沒有用記點制度教養小孩。當時的環境很困苦，資源相當匱乏。一般家庭的父母都很忙碌，不會有太多刻意的口頭嘉許、沒有禮物可以獎勵；但親子之間的愛與信任，從來沒有少過。正因為如此，

讓責任與承擔的磨練，成為雙方的學習，甚或是轉換成一種生活的享受。

就像很多小康家庭，當子女長大之後，照護家庭的角色與父母互換。身為子女的我們，有能力、也懂得為原生家庭付出與回饋。但基於老人家的健康因素，未必可以如願盡孝。於是，很多人難免嘗到「樹欲靜，而風不止；子欲養，而親不待」的遺憾。

過去的我，基於父母給過子女深厚的愛，加上曾經看過太多親友的遺憾，所以盡一切努力想要照顧他們。後來，經歷母親中風、父親離世，有一度我變得緊張兮兮，連公務出差幾天，沒有親自照顧家庭，都會有很深的愧

疚感，更遑論自己去度假旅行。

回想起來，過去這幾年來，我和很多需要喘息的家庭照護者一樣，無意識地把自己逼上梁山。完全沒有主動安排私人假期的念頭，只怕對自己太好的愧疚感，會淹沒所有的期望與喜悅。雖然，我真的很喜歡手邊的工作，也很享受照顧家庭的時光；但是，連續二十年沒有好好休過長假的紀錄，恐怕還是讓所有關心我的朋友及長輩感到心疼，連我媽媽都常叮囑我：「你要找時間自己出去玩！」於是，「你該好好休息一段時間」的善意提醒，不斷出現在我的周遭。

我聽見了，也放在心上。但如何讓自己休假，而沒有任何愧疚與壓力呢？屬於我的方法是：提前一個半月把所有的工作進度趕上，包括：手邊例行的報紙專欄、配合出版計畫必須繳出的書稿、廣播節目的訪談、企管顧問工作等，都必須提前完工，並做好妥善的安排。

盡力處理好該做的事情，讓自己無後顧之憂地出發

在照顧母親方面，我將所有門診、取藥的日期，做妥善的安排。更早一點，我在前年安排一趟家庭旅行，克服萬難陪她去加拿大遊覽；去年，規劃全家人的省親之旅，回福建詔安探望父親的親戚……我跟朋友開玩笑說：「我好像是在累積幸福點券，集滿五點就可以交換一次個人的旅行。」

Finding you,
finding me and
finding us.

雖然只是一句玩笑話，卻是我真正的心聲。

我想，無論年齡長到多大，我永遠是那個道德感太強、責任心太重的孩子，必須靠這樣的方式，處理心中的愧疚。但其實家人都很支持我，暫時離開熟悉的環境，去完成一趟渴望已久的旅行。

重回巴黎，我心靈的故鄉，從起心動念開始，到付諸行動，醞釀了二十年。前面的十五年，我幾乎都只是偷偷地打算，暗暗地計畫，但不敢輕率地決定具體的行程。累積許久的能量，才能在後面五年，開始產生可以成行的自信。在因緣俱足之下，天時、地利、人和，終於實現這個計畫。

旅行，最大的樂趣之一，是從預定行程開始。當出發半年之前訂好機位的那一刻，巴黎的陽光、雲影、街道、地鐵、氣味……多年前的記憶畫面，猶如一張張寫給自己的明信片，開始翻飛到眼底。

年少的時候，多半要存夠金錢、累積假期，才能出發。心智成熟之後的人生，往往因為責任感太重，更需要的是願意放下擔憂的瀟灑與決心，才能啟程。

而這份瀟灑與決心，是我盡力做好那個道德感太強、責任心太重的自己，才換來的，所以我特別珍惜、格外享受。

就學、戀愛、轉職，也都像是人生的一趟旅行。每個人旅行出發的動機不同，需要克服的障礙也不一樣。有人覺得自己受限於金錢、時間、勇氣、家人看法、語言能力，但說到底，就是一個決心而已。而這個決心，並非簡單到可以用「行動力」三個字一以貫之，而是願意好好面對自己的一念之間。從這一念，往前、往後想想，都出現「該是時候了」的訊息，就可以啟程了。

盡力處理好該做的事情，讓自己無後顧之憂地出發，才能享受到「自律之後，好自由」的快樂！我想到法鼓山聖嚴法師生前對我開示的這段話：「放下，是要放下煩惱牽掛，而不是放棄責任義務。」對渴望給自己一次長途旅行的我而言，出發前善盡責任義務，啟程後便可以無牽無掛。

BEFORE

總覺得人生任重道遠，必須先苦後甘，害怕辜負別人的期待，而有所顧慮。

AFTER

因為自信於有能力可以承擔所有該負的責任，滿足別人期望的同時，不再辜負自己。

同伴，是心的明鏡

無論有沒有同伴，能夠與自在的心情如影隨形，才是最美好的旅程。

千萬不要和自己過不去，一個人的時候怕孤單，兩個人的時候又嫌太擁擠。

教授談論兩性關係課程時，著名的「成田機場離婚效應」幾乎一定會被提及。多年前的日本，新婚的年輕夫婦常在出國蜜月旅行後，才發現彼此個性不合，旅途中不斷爭吵，回國後飛機剛降落成田機場，就脫口而出地鬧著要離婚。

旅行，確實可以認識自己、了解對方。很多年輕男女，想要藉由同居，看看彼此是否合適走上婚姻。幾乎所有的兩性專家都會提出建議說：「不用同居啊，那太麻煩，只要一起出去旅行，就見真章。」現代男女觀念開放，確實不用等到出國度蜜月，也不用費周章同居，平日就有很多外出旅行的機會，短短幾天密集的互動，很容易看出彼此的真面目。

話說回來，婚姻和感情並不是每個人必要的追求。但若是站在想要多了解自己的立場，即使單純地和朋友出遊，從「你會不會是一個好的旅伴」這個問題的答案，就可以看出你的個性和人緣。

我個性孤僻，但盡量合群。只要有別人在，我都努力表現隨和。當有人想要爭什麼，我都立刻選擇退讓。這不代表我人格高尚，而是我懂得不找自己麻煩。儘管，你覺得我偽善；但請諒解，或許這是我保護自己最好的方式。

到目前為止，我擁有不錯的人際關係。雖然，私生活中我並不刻意討好別人，工作多年也不懂如何禮尚往來，但我願意真誠待人，不自私、也不爭名奪利，設身處地為對方著想，所以上天也夠厚愛我，讓我碰到過很多貴人，甚至到現在還繼續提攜著我。

對人多一些體諒、少一點要求

坦白說，人生若是一趟旅行，我承認自己因為個性體貼，願意妥協，確實會是個很好的旅伴；但我不敢說我在成為別人的好旅伴時，我的內心是真的很快樂。除非，對方是□□□□的人。

□□□□，這四個字，該填入什麼條件呢？

年少的時候，或許我認為最該填入的是「興趣相投」、或是「個性合適」；再長大一點，我可以接受的挑戰是「彼此互補」。但經過很多的人生歷練，挫折失敗，我對人多了一些體諒、少了一點要求。現在若要我來填入這四格文字，我想我會寫的是「我願接納」四個字。是的，對方的條件已經不重要，比對方條件更重要的是：我願意無條件地全心接納。

從前，年紀很輕的時候，無論受邀聚餐或旅行，我總要打聽：「還有誰會參加？」我也曾經迷信過：「三個人一起出遊，很容易吵架」的說法，因為其中總有一個人會被忽略。吃飯，要選有趣的「飯團」；旅行，要找合適的「旅伴」。若碰到「道不同；不相為謀」的場合，盡早想辦法閃人。後來，出社會時間久了，學會妥協與應付。能夠忍受言不及義的次數與頻率增加，直到發現自己變得愈來愈不像自己，才開始反璞歸真。

成熟的代價，或許是世故，但也未必要讓自己真的圓滑到油條的地步。只要

Finding you,
finding me and
finding us.

Propriétés du Luberon
Sotheby's
INTERNATIONAL REALTY
IMMOBILIER
LA TRINQUETTE
Restaurant - Tapas
Bar à Vin
04 90 72 11 62

你夠成熟，總有機會回來重新做出選擇。在堅持自己原則和禮貌對待他人之間，找一個動態的平衡點。

無論有沒有同伴，能夠與自在的心情如影隨形，才是最美好的旅程。千萬不要和自己過不去，一個人的時候怕孤單，兩個人的時候又嫌太擁擠。

巴黎不只是一個地名，也是一個最真實的幻影

長大以後的我，旅行經驗中很少有旅伴。浪跡天涯的旅程，總是一個人來、一個人走。湊巧有機會，和有緣的朋友同行，心裡總是多了一份冒險、和一份感謝。先不談價值觀的差異，畢竟我沒有非得要和旅伴共度此生。但即使只是短短幾天的朝夕相處，兩個人的生活習慣、或興趣愛好，若南轅北轍，勢必是很大的挑戰。

幾次經驗下來，我反而對有旅伴的行程，有了很深的體會。那是上天給的禮物，讓我比一個人，更像一個人。怎麼說呢？有同伴的旅行，比一個人獨自的旅行，時時刻刻更能面對最真實的自己。對方在我眼中的種種反應，正是我對自己內心的投射。如果透過旅行，我們可以增加對世界的理解與包容，不就應該先從旅伴開始，練習去擴展看世界的眼光，以及度量。

我曾經獨自旅行過很多國家，這次計畫去巴黎，籌備時間很長，半年前就訂

好個人的機位。出發前夕，很巧地聽說文壇好友（台灣最知名的暢銷作家、最受歡迎的電視／廣播節目主持人）吳淡如，也將在同一個時間前往巴黎，我們還相約要在巴黎吃晚餐。後來再度確認彼此行程的時間，才發現我們將在天空中擦身而過。

反倒是好友N，因為工作安排，正巧有一段長假，猶豫著要不要去巴黎。他說本來並不想去巴黎，那不是他習慣度假的地方，卻因為聽我說起對巴黎的情有獨鍾，而感到好奇。他是個多才多藝的怪傑，曾經擔任專業攝影師、開過婚紗店、經營過餐館，海外工作與旅行經驗豐富。他謙虛地說：「我或許可以透過鏡頭，看看你眼中的巴黎。」

其實，巴黎不只是一個地名，也是一個最真實的幻影。我的巴黎、你的巴黎、他的巴黎。既是同一個巴黎、也是不同的巴黎。我們各自表述，也各取所需。

他說的話，很有道理。當他看到我眼中的巴黎，就會看到截然不同的我，也會看到他自己。

N常在睡眠中作各種奇怪的夢，千奇百怪的情境，幾乎都是可以拿來拍電影，寫成劇本的梗。有一天，他夢見身處於沒有鏡子的世界，每個人都無法知道自己的長相。當這個世界沒有任何鏡子或可以投映的媒介，人們只有依靠對方的敘述、或透過一段關係去了解自己。可能是友誼、或是愛情，在對方的反應中，明心見性地覺察自己。

同伴，是心的明鏡，幫助你看清自己。你曾經和最要好的朋友去過哪裡？事隔多年以後，你們的友誼或感情，是否甜美如昔？即使旅途中有過爭吵，其實都是溝通與了解的過程，無論選擇繼續下去、或是終究分離，都無須為爭吵感到遺憾。

如果過了許多年，彼此還有機會聊起那段旅行。各自會提起哪一段際遇？而那時候，容顏裡稍縱即逝的笑意，是否依然燦爛，猶如當時透過快門，留下永恆的記憶。

B BEFORE

常為了避免不必要的衝突，而輕易或盲目地妥協。

A AFTER

願意完全接納對方，而樂於同理他的感受，放下自己的執見。

帶著咖啡去巴黎

咖啡，跟愛情很像。
如果我只是仰慕於它傳遞於空氣中的香醇，
而不肯接受它在舌尖千迴百轉的苦澀酸甘，
就永遠沒有機會愛上咖啡。

出發去巴黎的前夕，我專程到超市買兩盒三合一的即溶咖啡。我平常並不偏好這項飲料，但曾經在超市看過，對它的品牌與包裝印象深刻，曾經因緣巧遇在外面試喝過一次，雖然我喝咖啡習慣不加糖，但覺得它的口感還不錯。

帶著咖啡去巴黎，顯然不合正常

RETOUR A L'ENVOYEUR

邏輯。我猜，歐洲咖啡座的普遍率，應該高於台灣的便利超商。只不過，我知道某些特別的清晨，如果能夠從一杯香濃的咖啡開始，將特別有韻味。我擔心去南法鄉下，飯店若沒供應早餐，萬一沒喝到咖啡，就無法以很幸福的心情迎接美好的一天，豈不錯過很多風光。於是買了兩盒五包裝的三合一即溶咖啡，以備不時之需。

一路從巴黎到普羅旺斯，最後回到巴黎，在這十二天的行程中，你猜猜看：我從台北帶到巴黎的三合一即溶咖啡，在旅程結束後，剩下幾包？

不用太用力想像，就應該會知道，法國是個露天咖啡座密度極高的地方，即使是南法鄉下，到處都是咖啡座；巴黎市區中的大街小巷，就更不用說。不僅咖啡座密度極高，顧客也相當捧場，幾乎每個咖啡館都座無虛席。

所以，帶咖啡來巴黎，確實多此一舉。除非，迷戀於單一品牌、或執著於故鄉的味道，否則到巴黎時並不需要帶著咖啡。

但是，接著我要宣布答案：我帶去的十小包三合一即溶咖啡，最後還是喝到只剩下一包。因為它很方便，而且味道很好。對一個偶爾必須靠咖啡提神的男人來說，那是他和世界說早安，最快、最好、最美、也最簡便的方式。

附筆一提的是，這次在巴黎住宿的長榮桂冠酒店行政套房中，有提供滿高檔的咖啡機，每天附贈不同口味的膠囊咖啡，沖泡簡單、美味可口，令人難忘。

苦澀酸甘，都是咖啡最真實的滋味

回想第一次來巴黎時，我對咖啡並無好感。偶然一夜，寄住朋友家，準備早餐時，他發現我不喝咖啡，還專程為我外出買紅茶。如今，我卻已經成為咖啡的愛好者，至少每天早晨都會喝一杯咖啡。

從不喝咖啡，到愛上咖啡。其中的變化或許原因很複雜，但如果你幾年前問我，我會告訴你：「簡單地說，是因為我之前沒有機會喝到好咖啡！」直到經過多年內在的成長與心靈的沉澱，我必須很坦誠地轉化另一個更接近事實的說法：「誠實地說，是因為我之前根本不懂得如何品嘗咖啡！」

苦澀酸甘，都是咖啡最真實的滋味。咖啡，跟愛情很像。如果我只是仰慕於它傳遞於空氣中的香醇，而不肯接受它在舌尖千迴百轉的苦澀酸甘，就永遠沒有機會愛上咖啡。倘若我只欣賞你在人群中展現的才華與浪漫，而不肯接納你私底下的孤傲和難搞，就不能算是真正愛你。

經過幾段戀情，嘗遍人生滋味，我慢慢才懂得如何細細品味咖啡。

Finding you,
finding me and
finding us.

於是，無論在台北的日常生活、或我外出在旅行途中，幾乎每到一處，都會喝咖啡。有時是正餐的一部分，有時只是為了歇腳休息。

這次重返巴黎，前前後後，我應該喝了不下三十杯咖啡。其中有的出自昂貴的名家；有的來自平價的自動販賣機。它們無從比較、難分軒輊。我只能說：「每一杯咖啡，在當下都是最好的。」即使是我老遠從台灣帶到巴黎的三合一即溶咖啡，在好友N急需甦醒的那一刻，也是無可取代的。

每一杯咖啡，在當下都是最好的

這幾年來的人生歷練，讓我學會這個道理：每一杯咖啡，在當下都是最好的。不要在吃路邊攤的時候，妄想米其林；也不要在雙叟咖啡館的下午茶中，嫌棄三合一的即溶咖啡。

我曾經在廣播節目中，訪問過從台中太原路

起家的歐克佬咖啡農場創業老闆王信鈞，他為了提供好咖啡，居然認真地跑到國外種咖啡，還經常去他的咖啡農場視察，以維持咖啡的品質。他所生產的咖啡豆，不僅自營自銷，也提供很多不同的通路販賣，或調製成不同品牌的香濃咖啡。

每一杯咖啡，在當下都是最好的。每一口咖啡，也都藏著不凡的機緣。原來，有這麼多人的心血投入，從栽植到泡煮，只要你用心品嘗，就會體驗到幸福的真滋味。

更何況，每一杯咖啡，在當下都是唯一的一杯，它最獨特、也最珍貴。如果你手上捧著的，是一杯便利商店的平價咖啡，就盡情享受它隨手可得的方便與美味，別在這一刻，殺風景地對自己或朋友說：「我曾經在印尼喝過很昂貴的麝香咖啡！」這不需要多高深的人生智慧，而是最簡單的幸福。你要，就能得到。

BEFORE

因為不懂如何品嘗咖啡，味蕾乍現微酸帶苦，就以為自己不愛咖啡。

AFTER

開放心胸，勇於嘗試。終於體會：所有初嘗的酸苦，都是回味的甘美。

行李箱的斷捨離

打包行李，需要的並不只是摺疊衣物的技術而已，
更需要釐清觀念去分辨哪些該帶、那些不必帶？
所以，打包行李時，
其實正是自我練習「斷捨離」的好時機。

年少的時候，常聽資深藝人張艾嘉唱過一首很受歡迎的歌〈箱子〉，詞曲皆由才女鄭華娟創作，歌詞是：

箱子的大小，是旅程的長短。箱子的多少，是路途的遠近。每一次開箱，將歲月留在不同的地方。每一次關箱，體驗了許多不同的成長。就這樣長年累月的奔忙，無休止的關箱開箱，然而到底是箱子開啓了我，還是我開啓了箱。然而到底是箱子關住了我，還是我關上了箱。

每當我開始準備旅行，即使尚未進入打包階段，都會不由自主地哼起這首歌，抒發心中對旅行的期盼，也有少許的惆悵，或是對自己的疑問。

年輕的心，總是喜歡流浪。無時不刻，想著如何掙脫現實的枷鎖，浪跡天涯到遠方。費盡千辛萬苦，才抵達夢土；濃濃的鄉愁，卻從行囊中奪竄而出。我們，究竟為什麼出發？要怎麼抵達？當旅程結束，回到原點，和當初的自己相較之下，有什麼不同？

〈箱子〉這首歌，成了我自問自答的背景音樂。旅行的意義是什麼？在每次的問號後面，都有它各種不同的風華與化身。或許，正因為如此，我們為了追逐不同的答案，於是展開更多的旅程。

無論哪個階段的我，都會很想知道，這個問號後面的答案。但隨著工作與家庭責任的不同，我未必可以隨時如願。多數的時候，我只能收起翅膀，等待飛翔。

打包行李的方式，因人而異，
其實是個性與價值觀的縮影

自從母親中風、父親過世後，我有將近二十年的時間沒有獨自遠行。即使工作所需，必須離鄉，我盡量安排不超過五天四夜的行程。

隨著我要抵達的地方，路程愈來愈近、天數愈來愈短；我的行李箱，跟著愈換愈小。這次決定到巴黎，算是路途遠、日數多，眼前的這些行李箱，完全不敷使用。我本來還奢望使用上一次去巴黎的行李箱，從儲藏室搬出來，才發現它外觀雖然完好，但有幾處小小的耗損。部分五金配件因為年代久遠，不常使用而生鏽。

決定買新的行李箱時，朋友都很好奇，我會選什麼顏色，多大的體積？在這方面，我是偏向保守及實用，但也希望有小小的差異化，以免在機場轉盤等待托運的行李時，無法分辨哪個是我的行李。所以，我選的是有金屬感磨光的銀色系。體積，則是該系列中最大的尺寸。

沒錯。打包行李，若以極端的方式區分，可以概分為：「帶愈少愈好」、「裝愈多愈好」。

Musée d'Orsay
11 mars - 6 juillet 2014
VAN GOGH
/ARTAUD
Le suicidé de la société
Crédit du Nord
Le Parisien
Le Point
ticketnet.fr
Réservation recommandée
auprès de nos revendeurs

CHECKPOI
BERLIN
G
Gaumo
ROVER
Disney

堅持「帶愈少愈好」這類型的人，行李輕便到用不著可以隨身的登機箱，甚至是雙肩登山背包就可以勝任。看起來，很適合搭乘目前很流行的廉價航空，不必多付行李托運費用。他們認為內褲、牙刷、髮膠……這種便利商店都隨手可以買到的東西，不必多此一舉帶在身上。優點是：真的夠輕便了；缺點是，下飛機後要花點時間及金錢，添購日用品。而且，這些小包裝的日用品，通常都是用後即丟，並不符合環保概念。

主張「裝愈多愈好」這類型的人，以「萬無一失」的心態打包行李，顯然是細心周到、或是欠缺安全感的，他們不但要攜帶超過旅行天數所需的內衣褲，連牙線、棉花棒、塑膠袋、萬金油、洗衣粉、曬衣夾……都會準備齊全，不僅可以應付自己所需，還能在別人有所需求時應急。你應該可以想像，當同遊的旅伴褲子破掉，可以及時拿出針線提供縫補服務時，會有多大的成就感。但缺點就是：出發前，要花很多時間準備；回程時，若加上採買的紀念品，要擔心行李箱裝不下、或是超重被罰錢。

以上兩種打包行李的方式，並沒有絕對的是非對錯。因人而異所反映的，是自我個性與人生價值觀的縮影。

善待行李箱，等於善待自己

有位好友去歐洲旅行半個月，他所有的行李都裝進一個隨身的登機箱。我很好奇他究竟裝了哪些東西？後來我發現他只帶三件內褲、三件上衣，卻有五件牛仔褲。他明白表示，內褲和上衣，可以手洗晾乾，不用多帶。而他沒有透露的另一個很個人化的服裝觀點卻是：他很重視牛仔褲的搭配。

打包行李，需要的並不只是摺疊衣物的技術而已，更需要釐清觀念去分辨哪些該帶、那些不必帶？所以，打包行李時，其實正是自我練習「斷捨離」的好時機——斷絕不需要的東西，捨棄多餘的廢物，脫離對物品的執著。

我對於打包行李，究竟應該是「帶愈少愈好」或「裝愈多愈好」？並沒有特殊的偏好或堅持。向來喜歡中庸之道的我，希望能

在「帶愈少愈好」和「裝愈多愈好」之間，找到平衡點，但卻並不容易。

從前的我，打包行李的習慣比較傾向於「裝愈多愈好」，以免不時之需。但旅行的次數與經驗累積愈多，我漸漸發現：行李箱中，有百分之十五到二十的備用物品，真的都只是備而不用，從來沒有真正派上用場。隨著自信程度的增加，莫名的不安全感相對降低，至少可以先從那百分之十五到二十的備用物品開始減量，我終於也擺脫了「裝愈多愈好」的恐慌，讓行李箱永遠處於七分飽的狀態。

如此善待行李箱，就等於是善待自己。

BEFORE

打包行李時，儘可能多帶一點，有備無患，搭機往返時，不要超重就好。

AFTER

不再執著於旅行準備的物品多或少；而要看是否真正需要、而且必要。

三萬英尺高空的泡麵香

記憶裡的味道，是藏在食物裡的鄉愁。
無論你走得多遠、離開多久，
它總在你的靈魂深處守候。
甚至，你走得愈遠、離開愈久，
想念的滋味，對你召喚的次數愈多。

好友N除了是專業攝影師，也是道地的美食專家，他曾經營幾家餐廳，不但說得一口好菜，很懂得吃，廚藝也了得。問題是，我每次和他外出吃飯，都感覺他吃得不多，即便是他自己下廚，客人吃得津津有味、讚

不絕口，他面對滿桌佳餚，卻總是點到為止。

我大概猜到原因，但不忍說穿。有次私下相約吃飯，沒有別的賓客，趁著他三分酒意，聊起這個話題，他感慨萬分地說出實情，跟我之前想到的理由，八九不離十。但經他親口說出，更令我感動。

他說，因為母親太會做菜了，從小吃她親手做的佳餚，即使只是家常菜時，都是回味無窮的美食。自從母親年邁被病體所困，再也無法下廚做菜，幾年後離開人世後，他從此沒有吃過真正感覺美味的東西，所以總是淺嚐即止。因為任何大廚師做的菜，都比不上他母親的手藝。

記憶裡的味道，是藏在食物裡的鄉愁。無論你走得多遠、離開多久，它總在你的靈魂深處守候。甚至，你走得愈遠、離開愈久，想念的滋味，對你召喚的次數愈多。

幾位想要開餐廳的朋友，曾經拜託他去指導。他竭盡所能地傾囊以授，那些好友卻總是半調子，沒有真正學到他的手藝。他認為這些主動要來當學徒的朋友，並非太笨或不用心；最大的問題是，這些朋友的記憶裡完全沒有美食的味道，無從復刻、也無法比較。美食的味道，不是只靠SOP標準作業流程、以及配方的比例，就可以掌握到食物的精髓，而是要靠烹調的實務經驗，去對比記憶中的幸福美味。

他的父親是四川人，很會調涼麵的醬料。桌上擺了十幾種醬料，父親隨手用湯匙汲取，就能調配出風味絕佳的涼麵。他沒有問過父親各種醬料的比例，但因為記憶裡有那個味道，所以可以嘗試調出一樣好吃的美食。

連泡麵也可以做成創意料理

我的爸媽也是美食家。雖然從前的經濟環境匱乏，而且有幾年我們搬到鄉下住，沒有世俗眼中的山珍海味，但他們連煮地瓜湯都不含糊，從選食材、控制火候、糖分比例……都有講究。遑論是過年的佛跳牆、滷蹄膀、雞捲等，全是很花心力的手工菜。比較可惜的是，我沒有認真學習廚藝，父親過世之後，他的手藝就失傳了，我只能從母親的講解裡，揣摩一二。

說來有點汗顏的是，比較能讓我引以自豪的，是我煮泡麵的功力，有口皆碑。我很能掌握不同品牌、不同口味的泡麵，該用多大火候、該快煮幾分鐘。也懂得如何調製泡麵的湯頭，並取捨包裝袋中所附調味包的比例，還會適時添加肉片、蝦子、青菜，尤其最後鋪在麵碗上的水煮荷包蛋，更是我的拿手絕活。

早些年出國旅遊，我都會帶著幾包泡麵隨行；這幾年發現無論歐美或亞洲，各地的超市都能買到泡麵，雖然我覺得還是台灣的泡麵最好吃，我仍願意入境隨俗，嘗試當地的泡麵口味。

Finding you,
finding me and
finding us.

N曾經在自己經營的餐館，賣很受歡迎的乾拌麵。他對於煮泡麵的創意，比我技高一籌。他可以把各種泡麵，用開水沖泡後，拌入醬料，做成乾拌麵。倒出麵碗的開水，當下變成一碗熱湯。甚至，還可以跟著三明治一起吃。當我在異國連續吃三天西式的餐點後，那碗附有熱湯的乾拌泡麵，就成為我的人間美味，勝過滿漢全席，徹底撫慰著腸胃裡的鄉愁。

飛機上吃泡麵，香味四溢令人垂涎。

之前出國，若是飛歐美等長途航線，很多人口耳相傳，可以跟空服員要泡麵；最近這些年，聽說因為要求吃泡麵的旅客太多，機艙對熱開水的供應相當吃緊，對這項服務有所限制。但我還是很幸運地有機會在飛機上，看到有商務艙的貴賓點了泡麵，而且空姐還幫他加了蔬菜，擺盤的架式有如五星級餐廳高檔的料理，她端出去給客人之前，很慷慨地同意我拍照紀念。看得我都快要嘴饞，直覺地想要來一碗。但想到機艙的熱開水供

應問題、以及空服員的辛勞，我還是很體貼地忍痛放棄。

而且，我也為其他國籍的旅客，感到為難。這香噴噴的台灣油蔥味道，對老外來說，是太嗆鼻了、還是同樣會垂涎三尺呢？

或許，割捨在飛機上吃泡麵的慾望，獲得的另一個獎賞，是讓腸胃有空間吃更多美食，長途飛行的長榮航空皇璽桂冠艙，提供各式餐點，西式、中式早餐一應俱全。看到空姐推出稀飯的那一刻，屬於我味蕾的鄉愁已經開始召喚著——啊，我剛從地面起飛，離開台灣還不到十二小時，就已經這樣想念家鄉味了嗎？

不，不，不！儘管我在家早餐長年茹素，此刻還是賭氣地在心中吶喊：「我要麥當勞，豬肉滿福堡加蛋！」

哈，看來要成為一個優秀的旅人，可得先訓練自己能克制鄉愁的胃腸。

BEFORE

特別敬仰高超的廚技，精心烹調，創造出人間極致美味。

AFTER

美味，不只是烹調技術所造就，更多幸福感是來自成長的記憶。

你的心，是我最想流浪的天涯

你的心，是我最想流浪的天涯。那麼遠，又那麼近。
而我不斷地纏綿在你的懷裡，才發現：
最遠的天涯，永遠在最近的心裡。我以爲它已經成爲過去，其實從未眞正抵達。

三十歲那年，我已經自助旅行過三十幾個國家。那時的我，對於「舊地重遊」這四個字，並無概念，有時甚至覺得不可思議：同樣的地方，為什麼要去玩兩次？

青春甚短、世界浩大，我在忙碌的上班族生涯中，急於擠出短短的假期，探索更多的新事物，並不會想要把任何時間，花在過去曾經去過的地方。

當時的我，還有一個過去不覺得、但現在想來很可笑的人生盲點——我不喜歡重複，而且極端厭倦重複。在工作上，我特別喜歡挑戰新的、沒嘗試過的、特別有難度的項目。能夠把我留在一個職務時間比較久的主管，都很了解我的強項和弱點。強項是創意；弱點是重複。所以他們總會讓我避開性質重複的專案，結束一個大型計畫後，立刻請我啟動另一個難度更高的挑戰。

即使後來我已經成為資深的行銷部門主管，我更深深知道，就算長江後浪推前浪，我或許不會戰死在沙灘上，但我很容易擱淺於例行性的重複事務中。

如果你有機會參考我的工作履歷（詳情請參閱《其實，我這麼努力——吳若權的精采履歷》，天下文化出版），就可以發現：早期的我，是個很容易對「不厭其煩」舉手投降的人。

我在電腦資訊界服務，歷練過ＩＢＭ、ＨＰ、Microsoft，從大型主機、電腦工作站、個人ＰＣ，到Windows平台以及應用軟體，我不肯讓自己受困於相同的範疇、與類似的領域。如果，工作本身會讓我因為熟悉而勝任，很快就會感到煩

膩。當我厭倦了同質性太高的工作，儘管它提供再好的職位、再多的薪水，都會被放棄。所以我甚至還曾經因此離開熟悉多年的科技行業，投入唱片業，受教於吳楚楚先生、彭國華先生的門下，參與過幾張唱片的幕後製作、也寫過上百首歌詞。

往心中更深處走去，以發現更原來的自己

我在職場中屬於「上班族生涯」的最後一擊，是Microsoft Windows和Office的中文化開發、以及行銷。從「無中生有」的樂趣、到只剩下「版本更新」的無趣，我對工作的熱情，也逐漸奄奄一息。只好透過創業，展開工作的全新旅途。

三十三歲辭職，自行創業之後，必須獨自負責顧問公司整個團隊的成敗，我才漸漸懂得：世界上最大的挑戰，並不是全新的事

物，而是如何在例常的、重複的工作中，發現新的樂趣、以及創造更大的熱情。

第一次有這樣的體驗，是我在ＵＦＯ飛碟唱片，撰寫以搖滾風格為特色的「東方快車合唱團」新專輯《將你的靈魂接在我的線路上》宣傳文案、以及新聞稿。在我埋頭俯案構思創意，瞬間靈感泉湧，為隔天要刊登在報紙的全版廣告，寫出「你被聲音『電』過嗎？」主標題，得到總經理彭國華先生的讚賞後，我突然轉身問自己：「這跟我在科技業寫電腦廣告文案，有什麼差別嗎？」

其實，若換掉品牌、產品、消費利益等名詞，所有行銷的概念及原理，都是一樣的。那真是當頭棒喝的一刻，我開始懂得學習著墨於例行性的創新。盡一切努力，讓自己能夠暫時安於重複性的工作，勉勵自己每次都要把重複性的工作，做到比上次還好。對我來說，這已經像是修行了。

這個體驗，像一顆種子，植栽於我的心中，以至於後來，逐日發芽茁壯，啟發了我對愛情與人生的體悟。與其說我們都在日復一日、年復一年的重複中，創造更新、更多的自己；不如說，我們是藉由克服重複的繁瑣，往心中更深處走去，以發現更多原來的自己。

若不是如此，難道要在愛情的路上，不斷變換新的伴侶？若不是如此，難道要在職場的領域，不斷變換新的工作？若不是如此，難道要在人生的旅途，不斷變換新的性格？

於是，後來的我，持續做超過二十年的企管顧問，連續主持十八年的廣播節目，出版超過一百零二本書，甚至有自信已經做好準備，可以有能力去愛一個人，以共度下半生。

當我終於明白，透過旅遊去經歷新的風景，確實可以拓展眼界、刺激新的想法，而更多的眼界、更新的想法，都是為了回來看見更真實的自己時，「舊地重遊」就有完全不同的意義。

最遠的天涯，永遠在最近的心裡

我在而立之年前，第一次造訪巴黎，愛上她的浪漫，有著前世今生的熟悉感，戀戀難捨，不肯離開。搭上返程的飛機，我流淚發誓要再回來。每隔一段時

Finding you,
finding me and
finding us.

間，我就會想盡辦法親近巴黎；甚至，有一次，我衝動地想要，就此定居下來。

幾個月後，我再度重返巴黎，才看到地面的狗屎，聞到地鐵的異味。然而，我沒有因此而退卻或嫌惡。愛上巴黎，這個經驗教會我接納對方的一切。

她的美、她的醜；她的好、她的壞；她的勇敢、她的脆弱；她的慷慨、她的自私。啊，每次回到巴黎，我總能發現更成熟的自己。

每次旅行的目的地，就像造訪一個久違的情人，在千迴百轉的路途中，我才明白：你的心，是我最想流浪的天涯。那麼遠，又那麼近。而我不斷地纏綿在你的懷裡，終於發現：最遠的天涯，永遠在最近的心裡。我以為它已經成為過去，其實從未真正抵達。我以為對自己，已經了解透徹；其實還有很多潛力，尚待開發。我以為我早已摸清你的底細，其實你還有很多我不知道的神秘。

原來，最渴望靠岸的心，隱藏在最習慣漂泊的靈魂裡。睽違多年以後，再度回到巴黎。矗立在雲端的鐵塔、漂在過去歷史與現代人海中的羅浮宮、位於龐畢度（Centre Georges Pompidou）旁邊造型各領風騷的史特拉汶斯基（Igor Stravinsky）噴水池……他們不但完好如初甚至煥然一新，我走過每個角落，在心中一一探詢：「我回來了，這些年來，你們好嗎？」接著就有另一個聲音，迴盪在我的胸懷：「你終於回來了，這些年來，你好嗎？」

我本來以為，重回巴黎，是為了探望當年的自己；沒想到他早就已經如影隨形地跟從在我的靈魂裡，只差我一路急著往前走，忘了回頭看見他。直到此刻，終於重逢。

別來無恙。彼此均安。歲月的光景、記憶的風霜，在此刻化為沉默卻深情的擁抱。所有的等待與守候，彷彿都只是錯覺。因為，我們不曾真正分開。

BEFORE

流浪，
就是竭盡所能地把自己帶到不同的遠方；
而且，絕對不可能舊地重遊。

AFTER

能在不斷的重複之中，
更深層地體會不同的意境，
發現更完整的自己。

日以作夜——虛幻即真實

總要受了一點傷、熬過一些痛、嘗到一些苦，
才會知道：虛幻與眞實之間，其實並沒有一定的界線，
或許它就像拍照的影像，可以很自然的重疊。

我沒有「夢想」。

很多人聽到我這樣講，不免嚇了一跳。畢竟，這和時下媒體常報導的職涯發展觀念有差異。大說數的職場名人或企業先進，都教導年輕朋友：「要有夢想！」但偏偏我覺得「夢想」是很不實際的東西，除非你在作夢前想一想之外，還肯跨出執行計畫的第一步，以具體的行動落實。但很弔詭的是，一旦你開始認真執行夢想，哪怕只是一小步，當下「夢想」就變成是具體的「計畫」。

或許，是因為我的個性比較務實。從小到大，算是謹慎踏實，沒有好高騖遠的本事。無論多麼大規模、多麼空泛的想法，我都會把它切割成具體的小計畫，按部就班去做。

BOUTIQUE
SHOP

AND COMPANY
ANTIQUARIAN BOOKS

以到法國旅行為例，即使二十年來，我一直期待著重返巴黎，但並未把這個願望當成夢想。儘管對我來說，它的難度頗高、挑戰很大、執行不易，但我還是把它當作一個可以規劃與執行的計畫，按部就班去做。

雖然前面的十五年，看似沒有進度；但其實我在強化內在一些可以走得開的自信，也在累積家人和同事對我的信用。不致誤會我因為自私貪玩，而影響到我對家庭該盡的責任、以及對工作應該要求的品質。

當心中浮現夢想時，就要開始計畫

對當時的我來說，「夢想」是虛幻的，「計畫」才是真實。善於分析與歸納的我，還是在筆記本上，畫出這樣的表格：

	有夢想	沒夢想
有計畫	（A）有夢想；有計畫	（B）沒夢想；有計畫
沒計畫	（C）有夢想；沒計畫	（D）沒夢想；沒計畫

類型（A）有夢想；有計畫：這是最好的一種方式，將「夢想」與「計畫」結合為一。

類型〔B〕沒夢想；有計畫：跟我年輕的時候一樣，全力埋頭苦幹，有時難免事倍功半。

類型〔C〕有夢想；沒計畫：常流於空想，若不行動，很難有具體結果。

類型〔D〕沒夢想；沒計畫：這已經跟行屍走肉，沒有兩樣了。

常練習做這樣的歸納與整理之後，會更清楚地發現：最美妙的人生，是當心中浮現夢想時，就要開始計畫，同時將「夢想」與「計畫」結合為一。即使限於當時的條件，沒能立刻付諸行動，只有你一直有著「蠢蠢欲動」的決心與熱情，也就是所謂的「蓄勢待發」，累積足夠的能量，或所謂的「因緣俱足」時，就會一飛衝天、一鳴驚人！

這幾年來，我接觸很多靈性的學習，並且和讀者分享學習心得，陸續出版《向宇宙召喚幸福——靈魂療癒的旅程》、《先放手；再放心：活得像雲般自由——我在〔心經〕學到的人生智慧》（皇冠出版），

其實我已經知道應該要從「二元對立」的觀點跳脫出來，不必陷入「夢想」與「計畫」的兩極差異中。因為，只要有心去做，「夢想」就是「計畫」，「計畫」等於「夢想」。

虛幻與眞實之間，其實並沒有一定的界線

停留在巴黎的期間，因為時序的關係，晝長夜短的現象非常明顯。天很早就亮，太陽到晚上十點才日落。結束一天的行程，回到下榻的酒店，望著豔陽高照的窗外，真的很難想像此刻已經該是準備就寢的時間。即使萬籟俱寂，整個天空還是一片透明的澄藍。彷彿是我該感到疲倦的身體，眷戀著毫無睡意的心靈，纏綿在午夜的夢境邊緣。

此刻，投影在住宿酒店窗前玻璃的，是我的身影和終於落日的天空，兩者重疊合一，真實與虛幻難分。

好友N提到法國新浪潮電影導演楚浮自導自演的作品《日以作夜》（Day for Night）。這部電影曾經獲得一九七四年奧斯卡最佳外語片金像獎，以「戲中戲」的手法，巧妙地將拍電影的甘苦娓娓道來。導演為了趕進度、求效果，甚至可以在白天拍出夜景，讓觀眾對於電影技術的奇幻奧妙，有深刻的體會。

電影是很虛幻的藝術，裡面卻因為融入太多真實的人性，而感動所有的人。

我們總要受了一點傷、熬過一些痛、嘗到一些苦，才會知道：虛幻與真實之間，其實並沒有一定的界線，或許它就像拍照的影像，可以很自然的重疊。

日以作夜。當楚浮活在沒有電腦特效的年代，都可以用盡攝影技巧，在白天拍出夜景，誰能說，白天不懂夜的黑？

而我因此深深明白：我愛你！就是最虛幻的真實。若非虛幻，我怎能義無反顧地躍入情網的萬丈深淵，與你在空中翻滾纏綿；若非真實，我怎能在夢境中還聽見你的呼吸、擁抱你的體溫？

或者，我希望愛情既虛幻又真實。在擁有愛情的時候，想像著永恆。當愛情離開的時候，還讓溫暖回憶充滿我孤單的心懷。

BEFORE

自認為個性單純，所以就該是非清楚、愛恨分明、黑白對立，井水不犯河水。

AFTER

學會觀察與接納，二元對立兩個極端中間的灰色地帶，多元思考各種可能性，不再局限自己。

在時光中增值

很多東西經過時間的洗鍊，就會大幅增值。古董市場的文物字畫，是最明顯的例子。而相較之下，友誼才是人生中最貴重、又無法被金錢取代的珍寶。

時光匆匆，這是真的；歲月無情，那倒未必！要看你如何度過人生的每一天，或是用心去發現：哪些東西會在時光中增值？

我生平第一回去古董市場參觀，是初次造訪巴黎的第二天。因為弄錯日期，沒留意到羅浮宮週一休館，吃了閉門羹。臨時改變行程，竟因緣巧遇認識新朋友C。那時我還不知道他從事專業古董買賣，只知道他對藝術品很有鑑賞能力。我跟著他去參觀古董市場，裡面還真是琳瑯滿目，什麼東西都有。

古董市場？對外行的我來說，根本就是個賣舊貨的跳蚤市場，用過的二手日用品、家具、電器、衣服、字畫、瓶瓶罐罐……而其中最吸引我的是，很多攤位上都有的古早明信片，可能是數十年前、或近百年前，某人寫給某人的簡短問候，其中還有二次世界大戰期間，親友互報平安的隻字片語。雖然這些明信片，在當時的拍賣場上並不值錢，但基於「烽火連三月，家書抵萬金」的想像力，還是讓我駐足攤位，翻閱良久。

C知道我看不懂法文、或德文，空檔的時候會過來幫我簡短翻譯，其他的時間他都很專注於找他要的東西。之後我才知道他眼力超好、運氣不錯，經常在古董市場上，找到價值連城的古物，經過專家鑑定，可以在香港等地的拍賣會，賣出好價錢，獲得極高的報酬。

自己努力地付出，好運就會來敲門

當年，我對古董市場的生意非常陌生；但是，觀察到C在待人接物中，除了溫厚謙恭之外，還有一個特別之處。他與朋友相聚，離開前很少說「再見」，而是用「祝你好運」代替，令我印象十分深刻。

直到經過很多年來往，深入認識了解，我有幸能夠和C成為莫逆之交，斷斷續續聽到他的成長故事，以及生命經歷，才知道這句「祝你好運」的意義。

他少小離家，由新加坡到巴黎，從事藝術表演，後來轉職到古董市場的領域，幾十年來，曾經遇到很困難的事，甚至三餐不繼、無法長期居留法國等問題，卻都在朋友兩肋插刀的協助下，一一度過難關。他的生命哲學是：自己要盡一切努力徹底地付出，到最極限的時候，好運就會來敲門。因此，他把握每一次可以祝福別人好運的機會。而我從他的人生經驗中印證，當我們願意祝福別人好運的同時，好運也會降臨在自己身上。

如今C和我已經是二十年的老友，雖然各自的人生難免都有起起落落的階段，但好運始終適時出現，提醒著我們要更加惜福感恩。尤其，我有幾次親身經驗，在古董市場的現場，看到他能夠在一片混亂、或看似平凡的攤位上，找到他要的古物，後來賣出非常好的價錢，讓我既佩服、又震撼。

令我佩服的是：他逐年不斷累積的專業能力與藝術涵養；讓我震撼的是：他

Finding you,
finding me and
finding us.

PARIS POSTE
1998

始終謙虛地感恩所有的好運。

我在他身上，學會用不同的角度來看待好運。好運，不只是透過前世做好事、或今生努力祈禱而來；好運，可以自己創造，也可以因為和人分享，而獲得更多。

幸運之神，再度眷顧

再次到法國，我有機會能夠順道前往普羅旺斯（Provence），也是C的多次建議與協助安排。其中，有幾天我們有幸同行。約莫半年前，他告訴我要去亞維儂（Avignon）參觀例行性的古董市集，可以順道陪我經過阿爾勒（Arles），遊覽幾個景點。

阿爾勒是一個特別的小鎮，安靜、淳樸，卻充滿生命力。走出高鐵車站，進入阿爾勒市區之前，就會先看到古羅馬時代留下的競技場、古劇院等壯觀的歷史遺跡，再往內走是共和國廣場（Place de la Republique），有市政廳以及知名的聖托菲母教堂（Eglise St-Trophime）……除了這些風景名勝，C的

老友丹尼爾家，也令我印象深刻。

尤其是出發到亞維儂（Avignon）例行聚集的古董市集前夕，我們在丹尼爾家用餐，突然無意間摔破一個大口的沙拉調製碗缽，幸好它的材質是強化玻璃，落地之後散裂成圓珠顆粒狀的碎石，沒有人受傷。有趣的是，沙拉碗缽摔落那一瞬間，C和丹尼爾頓時異口同聲大喊：「好運來了！」很像我們講的「歲歲（碎碎）平安！」不同於以往的是：我之前碰到類似的情景，都會以為「歲歲平安」只是純然的心理安慰作用，這次聽到他們同時大喊「好運來了」，我卻毫不懷疑地信以為真。

隔天清晨六點，我們從丹尼爾的家出發，準時於古董市集營業時間八點前抵達，現場已經人山人海，來自世界各地古董買賣界的英雄好漢（英雌美女），都已經擠在門口，摩拳擦掌、躍躍欲試。

有道是「內行的看門道；外行的湊熱鬧！」我是門外漢，到處閒逛，舉凡：家具、燈飾、玩具……都能吸引我好奇的目光。當我四處看好友曲家瑞老師會有興趣的二手娃娃，正驚嘆著某些造型奇特、表情詭異的娃娃時，幾次看C匆匆與我擦肩而過，不久之後，立刻傳來好消息，他以合宜的價錢、和精準的眼光，買到一幅清朝的名畫。儘管當下無法立刻百分之百確定是真跡，加上C個性客氣保守，並沒有表現欣喜若狂、志得意滿的樣子，但我們心中卻都有一種默契與信念，感受到幸運之神再度眷顧了他。

為爭取時效，C委託我回程時先把那幅名畫帶回台北，轉呈給有經驗的老師鑑賞，並商議要不要重新裱褙，若老師鑑賞無誤，之後他會親自來台北把畫帶到香港交給拍賣會指定的鑑定專家，做後續的處理。

當我的旅行結束，從巴黎飛回台北時，接受委託帶回來的那幅畫很輕、我的責任很大，而存在於好友之間的信任、友誼、祝福卻很隆重。

在無以爲報的情感中，體驗到知己的幸福

二十年來，我和C各忙各的，見面的次數不多，偶爾他到香港交涉古董拍賣事宜，順道到台北停留幾天，我們會相約吃飯或喝咖啡敘舊，但真正約成的機會也是屈指可數，友誼卻在日積月累中更加深厚。除了相知相惜的緣分之外，還有很重要的一個原因是：無論我們相隔多遠、時差多久，只要有任何需要提供意見或幫忙，彼此總是竭盡所能地為對方付出，不管有沒有真正幫上忙，理解與信任的基礎，愈來愈深厚。

我的母親中風、父親過世；他寄卡片安慰問候。他結婚、又離婚，後來前往南洋找親弟弟、回廈門尋根，許多人生故事在發生的當下，我誠摯地傾聽。有一次在台北某家飲茶餐廳吃飯，他分享去馬來西亞和弟弟久別重逢的畫面，淚爬滿面，真情流露，令我十分動容。

朋友，真是老的好。雖然我年紀未及花甲，卻十分慶幸，擁有幾位認識很久、交情很深的朋友。有十五歲同窗，到現在還保持聯絡；也有十八歲認識，至今仍一起投入公益的工作。我的人生並不真正富有，但因為這些知己老友，讓我從不匱乏。

雖然我不懂古董市場的運作方式，但我知道很多東西經過時間的

洗鍊，就會大幅增值。古董市場的文物字畫，是最明顯的例子。而相較之下，友誼才是人生中最貴重、又無法被金錢取代的珍寶。

對我這種孤僻成性的人來說，能夠忍受我的個性中的潔癖，長年跟我交往的這幾位朋友，真的非常難得。我感謝、我珍惜、我愧疚，我在無以為報的情感中，體驗到知己的幸福。

因為相隔多年沒有去巴黎，我擔心自己忘記從戴高樂機場前往住宿酒店的轉車路線，透過手機通訊軟體問C，他當時人在香港洽公，匆忙間交代我一些簡單交通的資訊，我聽得一知半解，仍硬著頭皮出發。抵達巴黎清晨，當我還沒找到火車的指標，卻已經看到他站在接機的人群之中，對我揮手。

視線再度模糊的時刻，是當這趟旅行結束，我要離開巴黎返回台北的清晨。

他知道這趟旅行，對我意義非凡。等了二十年，此生若要再來一趟巴黎，真不知道何年何月。我個性節儉，原本想省錢，計畫搭地鐵轉火車去機場，C堅持要幫我預訂計程車，即使我離開巴黎前一天晚上已經再三推辭，都無法阻擋他的

好意。只好在盛情難卻之下，接受他的安排。翌日，C果然趕著大清早，又來酒店門口送行。我搭上計程車時，正值傾盆大雨，透過車窗看著他的身影，逐漸消失在滂沱的雨幕中。朋友的情與義，又一次揪著我的心。

出外，靠朋友。而人生，我們可以遠渡重洋地出外幾次，又能夠擁有幾個可以全心託付、安心依靠的朋友？

BEFORE

因為自信不足，只允許自己對朋友付出，不肯輕易接受對方的好意，生怕無以回報，而常拒人於千里之外。

AFTER

能夠繼續對朋友付出，也願意接受對方的恩惠，讓彼此的善念與好意，可以互相正向交流。

永遠燦爛的星空

表面上對凡事都感到好奇的觀光客，
到哪兒都要留下幾張到此一遊的照片，
其實是想要藉此一次又一次回到從前的記憶，
以期能和靈魂深處的自己相遇。

孩童時期，有幾年在偏鄉的山上度過。天氣晴好的每個晚上，都能看到燦爛的星空。夏天的夜間，憑肉眼就清晰見到銀河帶，繁星密佈，彷彿觸手可及。那時候，我以為這個景象很自然，一點都不稀奇。直到就讀中學那年，全家搬回台北，都市的光害嚴重，很少有機會可以看到滿天星星，才知道童年在鄉下的生活，有多麼可貴。

再一次有此感悟，是在電腦公司服務時，被派到歐洲負責行銷業務推廣的工作，經常要參加電腦展，有機會趁假日去旅行。在荷蘭停留的時間不長，也沒有刻意要去哪裡參觀，開車漫無目的到處逛逛，無意間竟有機緣經過阿姆斯特丹市區一處不怎麼起眼的民房，卻是赫赫有名的梵谷美術館（當時我前往的是舊館，後來因為不敷使用，荷蘭官方已經在一公里外增建新館），並入內參觀。

站在「麥田群鴉」這幅據說是梵谷最後的一幅作品前，靜靜凝視著畫中的景象，隨即被眼前視覺所勾起的情感，震撼到眼淚不停落下。我想，一定有很多人親臨現場看過這幅畫，無論是對美術有興趣，或聽過這幅畫的典故，但可能還是難以體會我為什麼會如此激動。

因為童年住在鄉下那段時間，常有爸媽台北的親友把我家當民宿，只要放寒暑假，就會攜家帶眷來度假。他們知道會享受到熱情招待，還有機會帶走我和姊姊放學後親自餵養成熟的雞鴨，所以事先都準備豐富的禮物送給我們。其中最珍貴的就是很多圖書、以及文具，這些東西在鄉下不容易買到。

即使孤芳自賞都能讓人流連忘返

多年以後，我站在阿姆斯特丹梵谷美術館「麥田群鴉」的真跡面前，腦海翻飛回來的卻是我的童年。因為，

Finding you, finding me and finding us.

我小時候的書桌玻璃墊下，就有這幅畫複製的書卡，是爸媽的某位親友到我家度假後留給我的禮物。懷想這人生行路的種種遭遇，不免百感交集。

從小我就和梵谷有些難以言喻的不解之緣，大學時就看完余光中先生翻譯厚重的全本《梵谷傳》，聽著唐・麥克林（Don Mclean）所演唱的〈Vincent〉「Starry Starry Night……」在心中低迴千百遍。還曾經受荷蘭銀行之邀，出席一場推廣以梵谷畫作為設計主題的信用卡記者會，當天正巧是梵谷的冥誕，主辦單位的同仁，並不知道這個日期的意義，我在致詞時提到梵谷出生於西元一八五三年三月三十日，現場的貴賓聽完都嚇了一跳，覺得是不可思議的巧合。

這次去巴黎，順道延伸旅行前往南法，本來以為只是單純地一睹普羅旺斯的風采，搭上高鐵時意外知道好友安排我在阿爾勒（Arles）這個小鎮停留一晚，內心有些悸動。

阿爾勒市區內有一座醫院，梵谷曾因為精神狀況而在此療養，現在已經開放參觀，成為「梵谷紀念館」。附近還有知名的「梵谷咖啡館」，也就是大家耳熟能詳的世界名畫「星夜」作畫的地點，至今成為觀光客朝聖必到的景點。

無論是「梵谷紀念館」或「梵谷咖啡館」，整片牆上塗滿揉入時間和星光的赭黃，奪目耀眼卻不俗豔，即使孤芳自賞都能讓人流連忘返。彷彿梵谷的精神和靈魂一直都在那兒，不舍晝夜地閃閃發光。

在阿爾勒停留兩天一夜，我不只一次造訪「梵谷紀念館」和「梵谷咖啡館」，

Finding you,
finding me and
finding us.

像個表面上對凡事都感到好奇的觀光客，到哪兒都要留下幾張到此一遊的照片，其實是想要藉此一次又一次回到從前的記憶，以期能和靈魂深處的自己相遇。

連亮晃晃的白天，都可以感受星夜的光芒

生命旅途，是不斷召喚的過程。除非經過靈性的清理，否則童年的成長歷程、或是過去的記憶與經驗，都會不斷被複製，重現在生命當中。

第一天到訪阿爾勒時，我正穿著黃色的短衫，圖案是美國知名導演、作家伍迪・艾倫（Woody Allen）的影像。這是巧、也是

不巧。巧的是，顏色非常近似，簡直就是和梵谷默契十足；不巧的是，拍攝照片時，整個人都融進場景之中，缺少了正常照片該有的立體感。我和朋友在「梵谷咖啡館」喝著飲料，南法傍晚的陽光仍然非常亮眼，直射進我的心坎，眼前的景象卻有點如夢似幻的感覺。

翌日上午再經過「梵谷咖啡館」，廚師正在門口準備進行烹煮巨型大鍋的海鮮燉飯，雖然還不到中午用餐時間，廚師近乎藝術表演的拌炒動作、和金黃米粒上的海鮮配料香味四溢，吸引路人圍觀，即使還不怎麼餓，都會被激起食慾，感覺飢腸轆轆。

我發現這確實是做生意的高招，很多遊客因此坐進來，耐心等著用餐。而我也是其中之一。

這香味讓我回想起，在電腦公司服務那幾年，曾被派往歐洲短期工作，負責籌備參加國際性的電腦展。參展期間每天都從上午八點工作到晚上八點，展覽時間結束才有空去吃飯。有一天晚上，餓到天旋地轉，在路邊看到一家小店還在營業，立刻進去點餐，老闆推薦該店最招牌的海鮮燉飯。雖然要等二十多分鐘，但保證我會喜歡。

等他將海鮮燉飯端上餐桌時，美味不只通透味蕾、穿越食道、經過腸胃，還深深烙印在心靈深處，讓我從此愛上海鮮燉飯。

我在「梵谷咖啡館」享用海鮮燉飯的時候，不免百感交集地懷想著：當年窮困潦倒的梵谷，夜間在此作畫的心情。他或許沒有享受太多美食餐飲，卻在人生困境中用最豐沛的心靈能量，留下永遠燦爛的星空給世人，連亮晃晃的白天，都可以感受星夜的光芒。

旅行結束，我從巴黎搭乘長榮回台北的直航班機，長途飛行十二小時，當旅客休息時間熄燈後，抬頭看見整個機艙天花板上，裝置著閃亮的點點星光，我發現這真是很貼心而有創意的設計，呼應著每個人生命中對於燦爛星空的不朽記憶。

BEFORE

很容易為生命中的種種巧遇，而感到萬分驚喜，甚至覺得必定是神蹟。

AFTER

明白所有的巧遇，都是冥冥中的注定，提醒自己要對生命更加敬畏、謙卑。

安靜的留白

無論是友誼或愛情的關係，若彼此可以來到「就算不講話，也不覺得尷尬」的境界，就會發現：沉默，不只是一種語言安靜的狀態，它可以是心靈流動的精采。

你是屬於比較聒噪的人、還是多半時候都表現安靜的人？

曾經在婚姻媒合機構，協助輔導急著想步入禮堂的適婚年齡男女過程中，看到一個有趣的現象，覺得自己個性比較安靜的人，多數會想要找一個喜歡說話的對象，認為這樣靠對方主動開啟話題，以便於兩人相處的時候，不至於太沉默。

或許，這的確可以有所互補，但並非走向幸福的唯一途徑。這些渴望踏入婚姻的學員往往忽略：沉默，是一對朋友或伴侶，在更進一步走向彼此心靈深處之前，必須度過的關卡。若雙方能夠以很自在的心情，過得了沉默這一關，接下來的人生，才可能在很多安靜的時刻，享受「無聲勝有聲」的篤定，而不會驚心動魄地猜疑著：「我有惹到他嗎？」「他是不是在賭氣？」「他為什麼不開心？」

當兩個人的相處，在互動溝通時，除了滔滔不絕地各抒己見之外，也可以適應片刻的沉默，雙方都不至於感到尷尬，不會急著搶話、接話，也不會擔心對方突然不說話，是不是不開心，彼此就共處於一種很自在的愉悅裡。

無論是友誼或愛情的關係，若彼此可以來到「就算不講話，也不覺得尷尬」的境界，就會發現：沉默，不只是一種語言安靜的狀態，它可以是心靈流動的精采。

優游自在於「動靜皆宜」的平衡狀態

年少時的我，並不是多話的人。尤其是童年歲月，住在深山茂林，終日和大自然對話，與狗為伴，開口說話的機會，少之又少。慢慢地，變成一個內向害羞的人。

中學時期，回到台北就學，功課跟不上，又不愛與人攀談，成為人際關係的障礙。我念了三年的放牛班，畢業之前被班上同學惡作劇推派我代表素質低落的班級參加演講比賽，憑著不肯輕易認輸的性格，努力熟背演講稿，充分練習台風，竟獲得那屆演講比賽的第一名。在那個以學業成績掛帥的年代，這件事情並沒有特別值得高興，但我對自己的口條，多了一點自信。

真正能夠有條有理地開口表達自己的意見，已經是大學時候了。因為企管系的課程設計，很多科目都要以「個案討論」方式進行，每個同學都被要求充分發表自己的見解。我漸漸琢磨出可以臨場歸納整理的表達能力，沒想到為我後來可以主持廣播節目，至今已經長達十八年，奠定穩實的基礎。

經過十幾年的鍛鍊，從個性安靜、沉默寡言，到善於傾聽而做出回應，勇於跨越兩種不同的個性和境界，我並沒有變得不認識自己。甚至，優游自在地處於「動」與「靜」兩者之間，或稱之為「動靜皆宜」的平衡狀態。

我知道某些朋友日復一日都是這樣地生活著。例如：有位朋友在大夥面前

是人來瘋，很愛講話，擅長搞笑，回到家卻沉默寡言。幸好他的女友很能理解與體諒，感情才能細水長流。她曾經跟我分享，剛開始交往的那段期間，會感到失望、甚至自責，怨嘆：「為什麼他對別人很熱情；私下對我很冷淡？」後來，經過很長時間的相處及觀察，她才發現：在外面看起來彷彿八面玲瓏的他，其實內心世界是比較習慣沉默的。正因為他愛她，才能在她面前放鬆，真正做自己。從此，她更珍惜他的沉默了。

容許有片刻的留白，靜靜享受沉默的自在

隨著年齡的增長，個性敏感細膩的我，漸漸能夠習慣與任何一個人，無論是剛認識的新朋友或舊識故交，在相處時容許有片刻的留白，靜靜享受沉默的自在。不再急著關心對方：「你怎麼了？」也不再神經質地苛責自己：「我做錯什麼嗎？」

人生，是一趟既漫長、又短暫的旅程。這次從巴黎到普羅旺斯，其中有幾天，是我必須和行事風格向來很有自我特色的N、以及交往二十年、卻不需要常聯絡的老朋友C同行，三位個性南轅北轍的人，要一起搭高鐵、坐計程車、吃飯，有時各做各的事、各走各的路，卻自由自在到像是獨自旅行那樣，沒有任何的束縛或牽絆。我知道，那是因為我們的個性，已經成熟到可以互相包容，而不

是因為我們的為人處事精明幹練到得以讓大家認為友誼可以完美無缺。

當時光如雲朵飛過天空，只要彼此緣分夠深的話，並不需要多久，不管是新朋友或老朋友，無論是個性獨特、或看似隨和，其實很快就會打成一片。我們之間的記憶，會有歡笑、也有沉默。

而沉默中，或許有很多不同的形成原因，賭氣、忍耐、疲倦……或只是盡情享受當下的氛圍而不想講話，當彼此可以完全接納無論哪種原因的片刻安靜，相互之間的疼惜就會在沉默中一覽無遺。

敢於讓自己保有沉默的空間、也願意接納和別人在一起的沉默，這樣的人生旅程，就會自在很多。

BEFORE

會因為突如其來的沉默，而感到尷尬。甚至，為避免沉默而找話題，炒熱氣氛。

AFTER

自在地享受片刻的沉默，當作彼此關係中暫時的留白，雙方都會往更美、更好的方向前去。

晴天的巴黎，雨天的巴黎

只有一心期盼晴天的人，
才會在雨中顯露失望的心情。
如果你願意隨遇而安，
就算本來晴空萬里突然變天，
都能歡喜欣賞雨中即景。

雨天，一直跟我有些奇妙的緣分。

童年在台灣中部山上生活的那幾年，四季天氣晴好，風和日麗；偶爾有雨，則氣勢磅礴。但我卻對這樣的雨天，情有獨鍾。尤其是在「大雨欲來風滿樓」的

預兆之後，隨即揚起土塵中綠草的味道，豆大的雨滴先敲擊在大樹的枝葉，再豪邁地翻滾落地，幾個貪玩的小男孩在雨中飛奔回家……這樣熟悉的畫面，深刻烙印在我的記憶裡。

直到今天，我還非常享受在雨中慢跑、或游泳，常任性地往雨中的跑道或泳池奔去，讓強勁的雨滴，打在我急於前進的身體。因為，我總是知道：眼前愈模糊；心底愈澄澈。

喜歡雨天，似乎是每個少年的專利；或是，還差強人意地可以專屬於心中還躲著一個少年的熟齡男女。

回憶起來，我在三十歲之前，依然很喜歡雨天。那時我曾經和李子恆老師一起合作，寫過一首膾炙人口的歌詞〈冬季到台北來看雨〉，是由知名音樂人、也是民歌手靳鐵章老師譜曲，歌手孟庭葦唱紅這首歌，在大陸也非常受歡迎。

冬季到台北來看雨　別在異鄉哭泣
冬季到台北來看雨　夢是唯一行李
輕輕回來不吵醒往事　就當我從來不曾遠離
如果相逢把話藏心底　沒有人比我更懂你
天還是天喔雨還是雨　我的傘下不再有你
我還是我喔你還是你　只是多了一個冬季

在雨天認識的人，一定會成爲朋友

〈冬季到台北來看雨〉這首歌唱得浪漫淒美，讓很多觀光客初來乍到時，對台北有些意猶未盡的想像。而在真實的生活裡，冬季台北的雨，果然非常纏綿。記得前幾年的農曆春節年間，台北曾經連續下了二十一天的雨。心情和衣櫥，都要發霉。那段日子，我忽然驚覺：自己已經不再是當年的聽雨少年。

即使不論過了多少年，還能流利地背誦蔣捷的〈虞美人／聽雨〉：「少年聽雨歌樓上，紅燭昏羅帳。壯年聽雨客舟中，江闊雲低斷雁叫西風。而今聽雨僧廬下，鬢已星星也。悲歡離合總無情，一任階前點滴到天明。」但是，當我刻意忘掉胸臆之間殘留的少年印記，雨天頓時變成令人困擾的日子。綿密的雨水，溼答答的心情，讓上下班的路途，寸步難行。

那一刻間，我變得俗不可耐。

年少時的我，曾經很相信：「在雨天認識的人，一定會成為朋友！」如今，一下起連綿的雨，我就疾步快行。

當一個人看不見傘花的美麗，也就錯過很多可以在雨中相遇的緣分。曾幾何

Finding you,
finding me and
finding us.

Baggage checked subject to
Tariff, including limitations of
therein contained

32·12·80

BAGGAGE (CLAIM) TAG

時，汲汲營營於生活餬口與工作效率的我，竟開始憎惡起透明的、詩意的、朦朧的、夢幻的雨天。

住家附近，有一座大型花園，是知名觀光景點「士林官邸」。有空時，趁晨間早起，陪媽媽去做運動。兩岸觀光開放後，整座花園一早就有許多來自中國大陸的遊客穿梭其間。台灣民眾多數熱情好客，只要隨口攀談，都能感受遊客對此地的嚮往，好評不斷。諸如：地方很乾淨、空氣很好、人情很濃……即使碰到雨天，他們似乎遊興不減，撐傘漫步，也要一探究竟。

我很心疼這些不遠千里而來的遊客，花費那麼多、飛行那麼遠、期盼那麼久，好不容易到此一遊，卻碰到雨天，會不會很掃興？沒想到多數遊客並不真正介意雨天，他們的心情調整得很快、也很好，答案都是：「雨天，有雨天的玩法！」

整顆心沉澱下來，才能靜靜欣賞雨景

說得多好！「雨天，有雨天的玩法！」通常，只有一心期盼晴天的人，才會在雨中顯露失望的心情。如果願意隨遇而安，就算本來晴空萬里突然變天，都能歡喜欣賞雨中即景。我常想：會不會我們經歷愈多、擁有愈多，反而愈容易失去隨遇而安的適應能力？

這次重返巴黎，一路天氣晴朗。尤其在南法那幾天，終日陽光普照。N

說：「真幸運，昨晚看氣象報告，歐洲各城市，都是雨天。」

後來，他自嘲烏鴉嘴。因為我們計畫去羅浮宮那天，才剛從地鐵站出來，就發現天色不對，頓時由晴轉陰。他是第一次造訪巴黎，渴望見到貝聿銘設計的金字塔，而第一眼的印象，竟是被濃雲密佈籠罩的玻璃三角錐，獨立蒼茫，黯然失色。

我們改往羅浮宮的地下層，看見另一個倒立的玻璃金字塔映入眼簾，即使細雨飄飛，引入的天光仍讓它閃閃發亮。

儘管羅浮宮的地下層，已經變成大型商場，跟之前的素樸典雅有所不同，但設計感豐沛的櫥窗，依然讓它無愧於藝術的殿堂。對大多數觀光客來說，當戶外下著雨的時候，或許就是逛博物館的最佳時機。

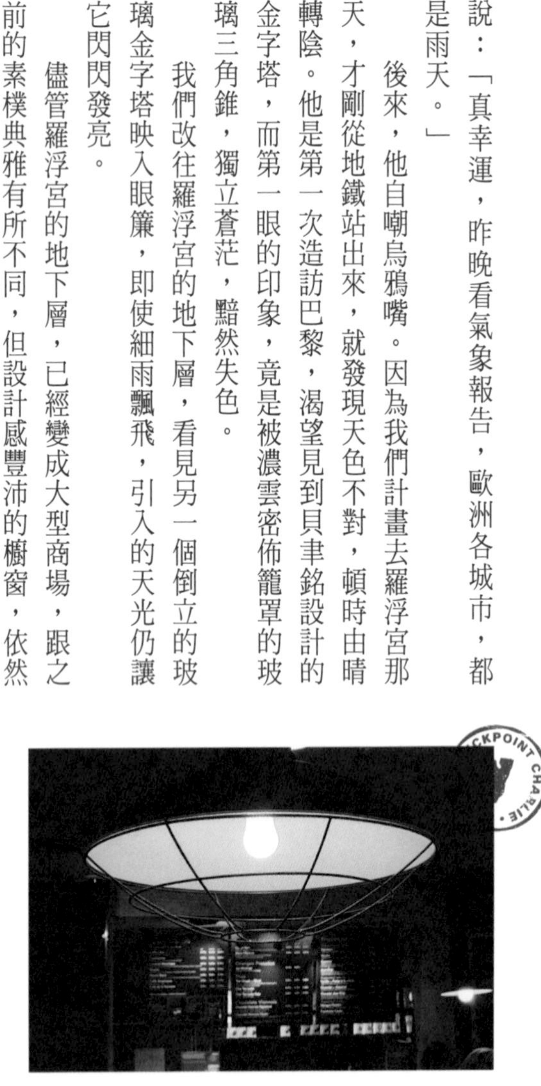

離開羅浮宮時，我們為了躲雨，很快找到麥當勞，但兩層樓都客滿，轉向星巴克。本來只是稍作休息，整顆心沉澱下來以後，卻意外在偌大的玻璃窗前，靜靜欣賞午後的巴黎雨景。

超越二元對立的觀點，看見更慈悲博愛的世界

從前，我總誤以為：感性的人，才會偏愛雨天。長大以後，我才真正知道：喜歡雨天，並非一定就是感性的人。我有位善於炒房的朋友，非常理性，偏愛在雨天看屋，他說：「雨天最方便檢查屋況，看它有沒有漏水？」

在旅途中遇到雨天和晴天，遊客的心情彷彿是個對照組，完全的二元對立。但若仔細回想，在長途飛行的空中，當機身攀升到一定的高度，超越雲雨層，宇宙穹蒼，寬廣燦爛。原來，我們最需要的是：超越二元對立的觀點，看見更慈悲博愛的世界。

想起小時候常聽到的一則寓言故事。老太太有兩個女兒，大女兒嫁給賣雨傘的，二女兒嫁給做麵線的。若是晴天，老太太就擔心，大女婿賣雨傘生意不好；若是雨天，老太太就憂慮，二女婿沒法做麵線。直到有路人提醒她，換個角度想：晴天，二女婿可以做麵線；雨天，大女婿賣雨傘大發利市。

從此，老太太天天都開心。

我在出版的第一百部作品《先放手；再放心：活得像雲般自由——我在心經學到的人生智慧》（皇冠出版）中，摘錄了法鼓山聖嚴師父開示的這段話：「見有，不貪愛；見空，不恐懼！」感動無數讀者。我想，懂得珍惜生命的人們，最幸福的生活態度是：不戀棧晴天、也不擔憂雨天。晴雨晨昏，各有美景，能夠全然接納，就會發現：日日是好日。

停留在巴黎好幾天，只下了一天的雨，若真要仔細計較，稀少的雨天，似乎更應該被珍惜。找一個晴天，趁搭船遊塞納河的順路經過，再度回到羅浮宮，看

見它灑滿陽光的倩影，展現另一種姿態。

晴天、雨天，對照著羅浮宮的兩樣風情，不只重新豐富我對巴黎的記憶，也拓寬我看待人生的視野。即使最善於玩弄光影的攝影師，終於也能在按下快門的瞬間，真誠地臣服於內在和宇宙連結的自然力量，而拍出很有感情的佳作。

BEFORE

認為晴天和雨天，
是兩種截然不同的天氣，會帶來相對不同的心情。

AFTER

破除二元對立的觀念，重新看待晴天和雨天，
或許它們有所不同，卻能因為自己願意完全地接納，
而在心中並無二致，自在坦然於晴雨之間。

最美的斷橋

感情的了斷，未必轟轟烈烈、未必一刀兩斷、未必老死不相往來……
我開始學會包容不同形式的了斷。
甚至，即使藕斷絲連，也可以算是漸進式的一種了斷。

對於感情，我曾經是有極度潔癖的人。

只要閱讀過我的幾本作品的讀友，應該對我始終如一堅持「分手後不必做朋友」的理論非常熟悉。即使未必人人同意，但都理解我的邏輯——朋友那麼多；不缺這一個。何必硬要把前任情人當作好朋友，這樣對雙方的現任情人不公平，難免多少都有「藕斷絲連」的情愫，四個人都會有困擾。

但是，據我所知，能夠像我這樣斷得乾乾淨淨的人，並不多見。除非，當初分手時鬧到反目成仇，那就另當別論。大多數的人，如果是理性和平分手，比較同意的模式，是把前任情人當作家人或朋友。

我對「堅持不與前任情人有拖泥帶水關係」的立場，顯然很決絕，不容有灰色地帶。在《最深愛的，最寂寞》（皇冠出版）這部作品中，第一篇文章分

享的觀念就是：「最深情的無情」，內文提到：「不和前任情人有任何聯繫，是為了將彼此的印象留在當時最美好的一刻。在分手當下給對方的祝福，足以美化歲月的痕跡，後來的柴米油鹽醬醋茶，都無須再被提起。原來，愛情中可以最不食人間煙火的，其實是已經分手的關係。那些封存的記憶，是無瑕的美麗。分手後不再聯絡，並非表面上那般無情，而是只有當事人才會懂得的深情。」

對前任深惡痛絕，老死不相往來

這樣的黑白分明，果然也引起兩極的討論。有些女性朋友，深受男友與他的前女友糾纏不清的關係所苦，對我的主張大為支持，舉雙手贊成。

也有另一些朋友，覺得不以為然。他們總認為彼此就是家人般的關係，但和前任情人互動頻繁的結果，能明哲保身的也不多，除非現任伴侶要有超凡的雅量與信任，才能避免風波。

即使我有自己的堅持與主張，但絕對能夠理解或想像別人跟我不一樣的處理方式。當年還不懂事的我，經歷過幾段不同的感情，都曾為了對方與前任的互動過於密切，或對方刻意隱瞞，被我解讀為「做賊心虛」，而引起摩擦與衝突，甚至因此深深傷害彼此的關係之後，我更加謹慎小心。

事隔多年回想起來，我總是在和一個不是真正存在的第三者爭風吃醋，暴露內在欠缺安全感。即使，最壞的狀況是他們互動頻繁，因此而破鏡重圓，我也應該學著祝福感恩。當下的防不勝防，無法接納對方和前任聯繫，反而讓自己沒有自信的部分，成為這段感情的障礙。

我可以堅持自己不與前任來往，卻不能相對地要求對方，一定也要做到。除非，我碰到的對象，是對前任深惡痛絕，老死不相往來，彼此就可以高枕無憂地享受現在的關係。但是，事實真的是這樣嗎？其實也未必。

有一句話說：「從他對待前任的態度，可以看出他以後如何對待你！」雖然我未必完全同意，但他若是對前任深惡痛絕，老死不相往來，我還是會猜想，他多半心中留有很大的創傷。或許我可以避開和對方前任競爭的麻煩，卻可能受困於他尚未痊癒的傷痕中，雙方都痛苦。

有位男性朋友還有過一次很特別的經驗，他交往的對象是一個男友曾為她自殺身亡的女生，這段關係裡所謂的「前任」，根本已經不存在人間了，卻彷彿陰魂不散般地始終糾纏著。

分手後會不會繼續聯絡的變數很多

你和你的前任，還有聯絡嗎？你們彼此還牽掛著嗎？雙方還會復合嗎？這段已經變成像家人的關係，該如何維持、拿捏，才不會影響到你和現任的關係呢？

看過數百對戀侶的感情發展，我知道分手後

會不會繼續聯絡的變數很多，而且因人而異，沒有標準答案！有人恰如其分地，和前任維持簡單的關係；有人捨不得，把前任當知己；有人越過界線，不時暗通款曲。跟他目前的感情狀態好不好，並沒有絕對關係。

曾經濃烈的愛戀，當感情走到盡頭，這段關係究竟該如何了斷？以何種形式了斷，才是最美的呢？

位於南法亞維儂（Avignon）市區邊緣的斷橋，或許提供了一個很心靈的解答。這座聖貝內澤橋（Pont Saint-Bénezet），又名亞維儂橋（Pont d'Avignon），是一座著名的中世紀橋樑，因為一首兒歌〈在亞維儂橋〉（Sur le pont d'Avignon）而遠近馳名。

據說，最初是由一位天使託付牧童聖貝內澤，修建一座跨越隆河（Rhone）的橋樑。剛開始沒人相信，直到他奇蹟般地移動巨大石塊，證明有神力相助，才得到有錢人的贊助，從一一七一年到一一八五年修建完成。原來的長度為約九百公尺，但因為經常遭受洪水沖毀，多次倒塌、又重建。一六六八年大洪水，這座橋的大部分被破壞而被廢棄，最初有二十二個橋拱，如今只有四座保存下來。

十八世紀，為祈福而在橋上，建一座小教堂。後來，聖貝內澤過世後，遺體被葬在這座教堂裡。

「斷橋」，最美的是「斷」，不是「橋」

如今來自世界各地的觀光客，絡繹不絕地來到亞維儂，沿著哥德式宮殿建築的教皇宮（Palais des Papes）、市政府、歌劇院、聖母院（Cathedrale Notre Dame des Doms），必然來到聖貝內澤斷橋。

153
TOTAL WEIGHT
44 KGs
TOTAL NUMBER OF
CHECKED PIECES
3

我迎著清晨的陽光與輕風，步上斷橋的階梯，有很深刻的體認：所謂的「斷橋」，最美的是「斷」，不是「橋」。有故事的殘缺，增加了不完美的傳奇性，即使功成身退，還是值得紀念。逝去的愛，大概也是如此啊。

感情的了斷，未必轟轟烈烈、未必一刀兩斷、未必老死不相往來……我開始學會包容不同形式的了斷。甚至，即使藕斷絲連，也可以算是漸進式的一種了斷。因為，它總有「春蠶到死絲方盡」的一天。

我繼續堅持自己對感情的潔癖的同時，開始懂得體諒那些一時之間「拿不起，放不下」的人。即使，是正在和我熱戀中的對象，被我發現他有這樣和前任斷得不夠清楚的苦衷，我也會試著「睜一隻眼、閉一隻眼」，在為了繼續愛著對方的前提下接受，以憑弔斷橋的美感，學習寬容地看待所有殘缺遺留的情感。

BEFORE

堅持必須和前任情人一刀兩斷，才是分手後的感情關係中最完美的切割。

AFTER

不再強求絕對的「慧劍斬情絲」；學會包容、以及尊重，各種不同方式的了斷。

從未錯過的花季

時間，是流動的河；
感情，是漂浮的船。
若我們已經盡了全力相愛一場，
無論結局是相守或分手，
都必須臣服於：「兩岸猿聲啼不住；
輕舟已過萬重山」的現實。

好友E單身多年，在網路上認識一位熟男。不只是他氣質翩翩、智慧幽默，令她著迷。尚未正式見面，就因為他喜歡閱讀的書籍，以及收藏在iPad的音樂，與她有高度的重疊性而未見鍾情。透過手機通訊軟體聊天幾個星期後，約定時間會面，果然一見傾心。

感慨自己在人生中已經歷盡滄桑的他，溫柔地擁抱著她說：「我們是在對的時間，遇見對的人。」光是這句話，就可以將她推入情網的萬丈深淵，從未自拔。短短幾個月的相處，如同幾個年頭般，他們一起經歷很多歡喜哀愁，有工作的波瀾、感情的跌宕、愛恨的誤解……所有偶像劇的情節，幾乎都發生過。衝擊力度大到難以招架的時候，他一時之間也有過落荒而逃的念頭，求饒似地問她：「可不可以，細水長流，讓點滴涓流，匯聚成河？」

她將煩憂鎖在眉間，聽見他的呼救，苦笑地解開兩人的癥結：「或許是我們都太愛對方，太在意對方吧！」仔細分析起來，她墜入情網之前，忽略了很多需要先準備好、再投入的細節。諸如：他才剛失戀未滿半年，跟前任情人的殘愛餘情，都還沒有百分之百清除；他曾在網路徵友，眾多愛慕者尚未能對他英俊瀟灑的姿態善罷甘休；他正面臨工作的轉型期，有些壓力與情緒，需要獨自安靜處理。

差點鬧到快要分手的他們，雙方冷靜幾天之後，決定慎重地回到「既然牽了手；就不要輕易放手」的提醒中，重新省思彼此的關係，並再度檢視當初他說：「我們是在對的時間，遇見對的人。」這句話究竟後來出了什麼問題？

在對的時間，遇見對的人

熱戀的人，常在激情的當下，將山盟海誓脫口而出。所謂「在對的時間，遇見對的人」的有效期限，其實也就是相遇的那一秒。時間，是流動的河；感情，是漂浮的船。若我們已經盡全力相愛一場，無論結局是相守或分手，都必須臣服於：「兩岸猿聲啼不住，輕舟已過萬重山」的現實。

過了相遇的那一秒，時間的軸線就已經改變。戀人的最大考驗，往往是：如何在時間的變化中，守護彼此不變的心。

等你漸行漸遠，來到更成熟的年紀，或許會感覺，若要強求「在對的時間，遇見對的人」是一種無能為力的艱難。

走遍人生無數的春夏秋冬，我們都不得不承認：世界，愈來愈快速；腳步，愈來愈匆促。即使經營多年的感情，想要停留在緩慢的節奏中，舒適地深呼吸，面對幻化無常的外界，有時候都難免對於「如何回到平靜的內在」這個問題，會有舉步維艱的心慌。

怎麼辦呢？

我總想起父親的話。他年輕時念園藝系，在台中工作那幾年，住家四周有很大的庭院，成為他此生最幸福的舞台，公餘時間種花蒔草，不消多時便蔬果滿園。他說：「世界變得很快，但這些花草樹木，按照時序生長，令人感到心安。」每種花草樹木都有屬於它的季節，例如：櫻花在一、二月盛開；鳳凰花在五、六月招展；向日葵在八、九月綻放……即便地球暖化，某些花期明顯提前或延後，但至少還是維持它既有的節奏與順序。

每當我自己面對感情的困惑，或看到朋友深陷愛戀的泥沼，就會想到父親的話，隨即浮現以下的忠告：放開你在擁抱中想控制對方的念頭，讓愛隨著自然流動，以全然的

信任與託付，把兩人相愛的結果，交給宇宙決定。你能做的，只是去愛！也就是：去付出、去感動、去相信；不要擔心、不要害怕、不要怨悔。珍惜每一個當下！知道相處的每一刻，都是你和他的最初與最後。或許，最後的發展不如最初的預期，但你可以無憾地接受。但是，更多的機會是：你終究得到的，比你能想像的，更多。

在遇見你的那一刻，當下就是最好的時光

誠如在南法旅行的日子，處處都是驚喜。因為在盛夏來臨前出發，所以事先我並沒有奢望要看到盛開的薰衣草花田，卻在行車路上好幾個轉彎處，看到零星紫色的花叢。從阿爾勒（Arles）到亞維儂（Avignon），陽光照到的綠野深處，間歇看到淺淺的紫色，透露出薰衣草花季即將開始的預告。

抵達塞南克修道院（Abbaye de Sénanque）的時候，好友C見到一片綠油油的草原，還是於心不忍地低聲跟我說：「沒關係，下次再來。」我知道，這是一個主人對遠方而來訪客的百般疼惜。但我不是要讓他寬心，而是真心地讚嘆：「現在這樣也已經夠美的了。」

Finding you,
finding me and
finding us.

一般觀光客前往塞南克修道院，都會特別選在八、九月，薰衣草盛開的季節，以便欣賞紫色夢幻的美景。而我造訪的這一刻，雖然薰衣草尚未盛開，卻無損於它的莊嚴與聖潔。

這座建於西元一一四八年的修道院，以石灰岩為主要建材，呈現復古簡單的造型，是由院長和十二位修道士親手打造。前面具有造景功能的大片薰衣草田，也是由修道士們種植，營造出遠離世俗的寧靜美感。至今仍有修道士，在這裡過著與世無爭的生活。即使已經發展為觀光勝地，院方依然重視寧靜與禮節，訪客若穿著過短的裙褲，會被拒於門外。院中附設非常有氣質的禮品店，燈光和裝潢的氛圍都十分講究，除了許多和薰衣草相關的禮品，風味絕佳的果醬也頗負盛名。

雖然我到訪的時候，並非薰衣草花季，綠油油的一片田野，取代觀光明信片上的紫色夢幻；但是，我並未覺得錯過什麼，既沒有不該有的期待，就能了無遺憾。或者，我因此而更能珍惜當下。

去年的薰衣草，已盛開過；今年的薰衣草，尚未綻放。錯過，或等待，永遠只存於世俗眼光的一念之間。我終於知道：在遇見你的那一刻，當下就是最好的時光。而你在我眼中，始終是無瑕的美麗。但願，我在你心中，也是一樣。

我因此願意篤定地相信，只要是真愛，無論時間的河流如何蜿蜒，感情的小舟如何漂浮，即使「兩岸猿聲啼不住；輕舟已過萬重山。」我和你共處的每一刻，都是「在對的時間，遇見對的人。」都會是彼此生命中，最美的相遇，最值得珍藏的時光。

BEFORE

處心積慮，精準算計，
就為了成全彼此在那一刻最美的相遇。

AFTER

相遇，可以隨緣；相處，盡量開心。
時間，沒有對錯。
只要彼此珍惜，每一刻都情深意真。

忘情，才能盡興

每一次出發，都是重新歸零；
每一次抵達，更需要完整清理。
我不要殘留些什麼，才能完全沒有成見。
關於愛與生命，或許我自以為了解很多，
但其實永遠都不夠。

第一次到巴黎時，我的五官六感必定是被浪漫的心思徹底蒙蔽，看到的都是它最美的一面。這些唯美的印象，深深烙印在我的腦海。回到台北以後，對它念念不忘。即使我已經離開微軟公司，結束上班族被雇用的生涯，自行創業開辦行銷企劃工作室，還是對巴黎情有獨鍾。

甚至，曾有過一個念頭：覺得我只要能申請獲准，在羅浮宮對著雕像素描一個下午，就是此生最大的夢想。那時我創業未久，很幸運的是，公司業務很快步上軌道，每月都有盈餘。有個晚上，我認真跟父母商議，想結束公司業務，前

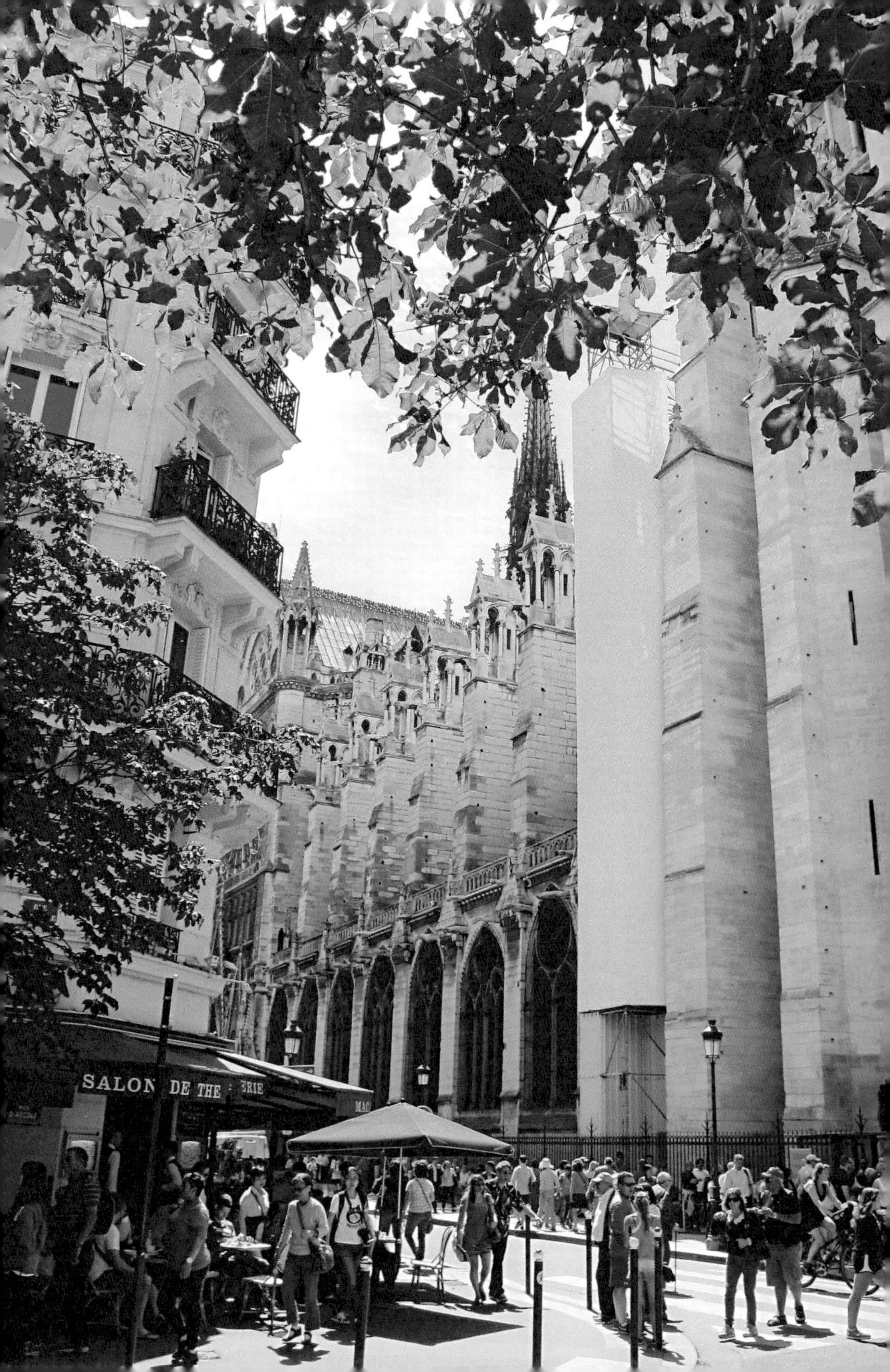
SALON DE THE

LE
COURONNEMENT
DE POPPÉE
NOUVELLE PRODUCTION
ROBERT WILSON
PALAIS GARNIER
7 - 30 JUIN 2014

往巴黎學畫。爸媽從善如流，支持我的想法。很巧的是，在一次過馬路時，遇見台灣當代美術大師蔣勳老師。那時我已經聽過他無數場演講，因此冒昧請教他對於我想去巴黎學畫的意見。他說：「有夢想就要趁早！當你年紀愈大，會愈走不開。」

那時候的我，已經三十三歲了吧！現在回憶起來，很心疼當年的自己，如此天真、又那麼勇敢。我立刻買了機票，飛回巴黎。距離我上一次離開巴黎，不到三個月的時間，我想去更確切地印證：自己是真有夢想、或只是空想？

短時間之內，再回到巴黎，為的是評估我想要久留的打算，具體落實的可能性。但是，很奇妙的，直到那一次我才看到前所未見的巴黎。彷彿相處不久，就很快愛上一個人；匆匆論及婚嫁，終於認識他的真面目。後來，我們沒有如期成婚；並非因為吵架分手，而是想談一輩子的戀愛。

忘情，才能盡興

那次是在十月初重返巴黎，天氣已經轉涼，日夜溫差極大。早上出門還要穿厚實溫暖的大外套，中午卻熱得要脫到只剩一件長袖薄衫。我在適應氣溫與環境的同時，開

GARE D'ARLES
SNCF

HEATRE de la CALADE
pitale Européenne de la Culture 2013

Opéra

R
PRIORYTET
PRIORITAIR

始拜訪朋友及師長，順便探詢將來到巴黎學畫的課程、打工的機會、以及物色租屋的房舍。

在匆忙的路途中，我不再是個走馬看花的觀光客。天空的陽光依然燦爛，地面的落葉卻愈來愈厚沉，我開始看見街頭的狗屎、聞到地鐵的惡臭、停車場遺留前晚醉漢吐出的穢物。此刻，巴黎終於用她最真實的一面與我裸裎相見。

沒有能待幾天，我就差點落荒而逃。幸好，我還是留下來了。

當時的我，或許已經知道：愛，是欣賞對方的優點、也要接納她的缺點。但我僅止於「知道」的階段，還沒有能夠百分之百到達「做到」的層次。我想到巴黎學畫的念頭，依然沒有放棄，只是拉長時間的軸線，它有了不同於以往的執行方式。更重要的是，我不再執著於「學畫」這件事情，而是從想要「學畫」看見自己內在的索求。

這些年來，我經歷母親的中風、父親的離世、幾段感情的緣起緣滅，漸漸懂得「接納」與「臣服」的重要，也在無法和生命對抗的挫折與痛苦中，真正學會「順遂」的意涵。再度重返巴黎，我終於體會到內在那個更完整的自己——不再嚴厲地苛責自己；終於也能寬厚地對待別人。

或許是離開太久，當我抵達巴黎，第一次重新搭上地鐵，竟忘記它某些車廂的車門是要手動才能打開。經過朋友的提醒後，我更放心地如破鏡重圓般投入巴黎的懷抱。無論過去是好、是壞，我都把它忘了。

是啊！忘情，才能盡興。

每一次出發，都是重新歸零；每一次抵達，更需要完整清理。我不要殘留些什麼，才能完全沒有成見。關於愛與生命，或許我自以為了解很多，但其實永遠都不夠。

以俐落的線條，切割陽光的影

之前，搭過法國的地鐵、火車，但從未搭乘過高鐵。這次因為要從巴黎前往普羅旺斯，好友事先透過網路幫我訂好高鐵的車票，而且是頭等艙的座位。這種車票的價位，愈早買愈便宜，但不能任意退票，否則損失很大，適合我這種計畫型的旅客。

在搭車之前，駐足歷史悠久的火車站，一邊採買旅途中的咖啡、三明治、飲水，一邊瀏覽這棟古典的建築如何在不只一次的增建中，結合現代的元素。偌大的空間裡，視線所及的，都是以俐落的線條，切割陽光的影子。對應著匆忙的旅客，反而更突顯高速鐵路的平穩舒適。

搭上高鐵、走進車廂，內部裝潢陳設，超乎我的想像，便捷的桌板、溫暖的檯燈，以及幸福的餐車，每一樣都令我驚嘆。

列車開動後，迎窗而過的風景，成為最重要的主角，因為它總是稍縱即逝。

Finding you,
finding me and
finding us.

有趣的是，我看到核能電廠的煙囪，以此地無銀三百兩的姿態彩繪，完全不用躲藏，同行的好友說：「應該是地處平原，再怎麼躲也藏不過，只好大方見客。」

看回車廂內，有安靜閱讀中的熟女、天真可愛的孩童、不斷低聲哼唱歌謠的穆斯林老伯，以及堅持只用法語廣播的列車長聲音……感覺我們真是一群不知天高地厚、而且與世無爭的旅客。

因為，我們都將前往南法最美的省分，普羅旺斯。

放心去走，不再猜測

N具備驚人的語言天分，學習法語廣播的能力極強，沿路他每聽到列車的廣播，尤其播報站名的部分，都能清晰跟我分享法語的音韻。而他對此有個很私人的感想：「從地鐵和高鐵站名的廣播，就知道法國人真是高度自信、又自卑的民族。」因為除了極少數的幾個地鐵站，他們幾乎從不用英文或其他語言發音，既不刻意討好來自世界各地的觀光客，也不是全然地故步自封。連交通工具的廣播，都能流露一種對人「愛理不理」的法式優雅，讓你在聽得一頭霧水中，還是要很用力地去辨識：快到站了沒？

生命猶如一列不斷行進的列車。只不過，有些人是閒適安逸的慢火車；有些人是匆匆疾駛的高鐵。有些人，習慣誤點；有些人，要求準時。

無論你是哪一種車型，要到哪一站，旅程中會遇見其他乘客，他們也會不斷地上車、下車。

我有時一個人，有時結伴而行。我無法預知自己究竟可以享受孤單多久；也不真正確認：誰是否可以跟我天長地久？而現在我學會的是：放心去走，不再猜測。

BEFORE

常急著上車，卻捨不得下車。
喜歡享受一個人的寂寞，不肯輕易與人搭檔。

AFTER

隨遇而安地上車、下車。
可以一個人走到最後，也不排斥兩個人共同享受溫柔。

無國界料理

美食所能穿越的，不只是地理的疆界，
而是時空與記憶，從此讓幸福長存於心。
有時候，是我們不遠千里而四處尋覓；
另一些時候，是它召喚我們的記憶而注定重逢。

走在異國街頭，看見麥當勞，會有一種「他鄉遇故知」的心安——我覺得這是一種既熟悉、又弔詭的感覺。

因為麥當勞對東方人來說，根本就是外來的美國速食文化代表，並非故鄉本土的美食；但為什麼會有「他鄉遇故知」的心安呢？我想，是因為至少我的味蕾很能習慣或適應它的味道，即使各國麥當勞的食品和配方，多少有些差異化，但八九不離十，就算閉著眼睛，依

Baggage checked subject to Tariff, including limitations of liability therein contained

32·12·80

BAGGAGE (CLAIM) TAG

然吃得出它是麥當勞。

還有另一種放心的熟悉感，是因為無論到哪個國家，就算語言不通，在麥當勞看圖片點餐，從餐飲內容到價格，通常不會出錯。即使比手畫腳溝通有所誤解，麥當勞提供國際化的餐飲服務規格，還是有機會碰到微笑的店員，耐心地解釋清楚，或當場換選一個套餐。

對我來說，這是麥當勞的成功、也是我身為旅客的墮落。好不容易出國一趟，不是應該穿梭於當地的大街小巷，去尋覓在地的美食小吃，怎會看到麥當勞的招牌，就舉手投降？

我只能以自身經驗坦白招認：當我逛得又累又渴、而放眼望去舉目無親的時候，麥當勞的魅力，很容易讓我失去理智，猶如失戀多年後，當街遇到久別重逢的愛人，心中立刻浮現：「就是他了」的決定。

不過，在法國付歐元吃麥當勞，無論是巴黎或亞維儂（Avignon），價格都不便宜。平均一個套餐的價格，大約十歐元（相當於新台幣四百元左右），而且碳酸飲料和咖啡，不得任意替換。而且，小小的遺憾是，法國的麥當勞，只有麥克雞塊，沒有勁辣雞腿。倒是它的沙拉組合，比台灣的豐盛。

值得特別按讚的是，在亞維儂（Avignon）古城共和國大街（Rue de la République）吃的麥當勞早餐，漢堡的麵包很有咬勁，彷彿在出餐前有微烤過似的，表皮溫熱香脆，口感非常Q彈。是我走遍全世界，吃過的漢堡中，最合我胃口的麵包品質。

此外，我也很感恩在巴黎香榭里舍大道的麥當勞，始終在這名店街上屹立不搖，即使競爭激烈、店租上漲，但它絲毫不減於我第一次到巴黎時的盛況。還是那樣的感覺：老朋友，好久不見！真開心，歲月不斷翻飛，而你比從前活得更好！表示你很認真、也很堅持。

每次跟朋友分享我在國外吃麥當勞的體驗，都難免會被嘲笑。尤其我很多朋友自詡為美食家眼光甚高，對我吃麥當勞這種小確幸不予置評。N本身擅長料理，對吃也講究。他對亞維儂共和國大街的麥當勞同樣給出好評，讓我對他更加尊敬。我實在認識太多專家，常以「貶抑別人」的方式，抬高自己的身價；他願意拿掉世俗認知的標籤，

很中肯地公平看待當下僅有的食材，不會拿手中白木耳，去跟皇宮的燕窩比較，反而讓我更敬重他的專業與仁慈。

還有另一個朋友，也很厚道。他說，我對巴黎香榭里舍大道的麥當勞，有這種「久別重逢，而別來無恙」的感懷，是對自己內在的深度投射。當他對我說：「若權，你也和它一樣，活得比從前更好，因為你很認真、也很堅持」時，我立刻紅了眼眶。他，真了解我啊！而令我更深度自我期許的是：每個人都需要擁有知己的感動，而我們又有幾回真正地成為別人的知己？

跟在地人，吃在地食物

像我這種一趟旅行半個月，會在國外吃超過三次麥當勞的人，有些鄉愁是藏在食道和腸胃裡的。我不會要求天天要吃中式餐點，但碰到掛有「越南」、或「泰式」招牌的小店，還是會飢腸轆轆渴望喝上一碗熱騰騰的湯。

三十來歲的階段，有幾年常被我所服務的電腦公司，很頻繁地派駐到歐美參加講習或舉辦電腦展。

出差期間，每天幾乎都從八點開始工作，忙碌到晚上八、九點，只要一到週末，我總巴望著可以開車找到中國餐館，喝一碗酸辣湯慰勞自己。但是，週間的日子，我懶得專程跑到唐人街，常常在路上的「越南」、或「泰式」料理小館飽餐一頓。或許，這些移民海外的越南人或泰國人，做的口味並不道地，但只要是夠熱的、有鹹味或辣味的湯，似乎也就成功一半了。

無論是麥當勞、中餐、越南河粉、泰國菜……對我來說，它們都是「無國界料理」，就算浪跡天涯，只要不是人煙罕至的地方，都能嚐到它們的美味。

但是，憑良心說，它們永遠還是出國在外的第二個選項，只有在面對市區一片陌生街景，放眼望去舉目無親的時候，才會有走進去大飽口福的衝動。如果，有一點線索，可以嗅覺到當地有代表性的美食，而且價格公道，我還是很希望可以入境隨俗，跟在地人，吃在地食物，而無虛此行。（我必須聲明：在廣州，是例外！）

Finding you,
finding me and
finding us.

百年食堂，經典美食

停留在巴黎的最後一夜，C招待我們去吃當地很有名的法式國民美食，夏爾提埃（CHARTIER）這家百年食堂（Bouillon），很低調地藏身在巷弄裡，復古式的裝潢，外表很像是一家書店。它歷史相當悠久，創立於一八九六年，原本是以服務藍領工人為主要顧客的餐廳，價格至今仍相當實惠，而且做法和口味非常道地。更與眾不同的是，點菜和結帳，都直接寫在餐桌上的紙質襯布，簡單俐落、一目了然。

還未到用餐時間，巷口已經大排長龍。幸好我們提前十分鐘到達，順利入座。但不到五分鐘後，還是難逃被併桌的傳統。我點法式田螺、小牛耳、冰淇淋；N點鵝肝、牛排、巧克力泡芙球。送餐來，我看到牛排盤上，附好大一份的炸薯條。鄰桌是來自中國大陸留德學生到巴黎度假，看不懂法文，只好跟著我們點一樣的。在C的提議下，有位同學點鴨腿，看起來很不錯，這些都是最經典的。

我對「無國界料理」因此有了不同的定義：美食所能穿越的，不只是地理的疆界，而是時空與記憶，從此讓幸福長存於心。有時候，是我們不遠千里而四處尋覓；另一些時候，是它召喚我們的記憶而注定重逢。

埋單時，服務生以心算的方式加總，在餐桌墊紙上直接寫下總金額，是很新

鮮的體驗。我走出巷弄，已經快要晚上九點了，路邊還是大排長龍，都是等著要入席的賓客。

步向地鐵站，踏進我在巴黎的最後一夜。多少有點離愁湧現，我知道這是眼耳鼻舌身意，是色聲香味觸法，也都不是。或許，只是我對巴黎，再一次的提起，再一次的放下。如同，你在我的心底。提起；放下。

交通資訊：「CHARTIER」位於巴黎地鐵八、九號線的Grands Boulevards站，步行約五分鐘，巷口有大紅色霓虹燈招牌。

BEFORE

對各國料理，
存在地域性差別的味覺偏好，
在熟悉的食物中感覺安心。

AFTER

相信所有的美食，
都可以穿越時空與記憶，
讓幸福的滋味永存於心。

給我一杯忘情酒

甜美、俐落，帶點苦澀，是人生最眞實的滋味。
美酒，總在喜慶的時候，爲人們的歡喜，慷慨加倍；
苦酒，也在悲傷的午夜，替哀愁的情緒，帶來安慰。

說是列車往返於巴黎與南法，疾駛過寬闊的平原；然而，速度似乎只是時程表上數字所提示的感覺。因為車廂內的座椅舒適平穩，車窗外的陽光始終燦爛耀眼，若不是透明澄淨的藍天偶然飄過的幾朵雲，以及一畝畝飛掠於視線的葡萄園，會以為這裡只是童年山居歲月的一個角落。

整個南法的景象，與我小時候住在台中新社鄉間，感覺極其相似。空氣中瀰漫著陽光糅合稻麥的味道，藍天與綠草重逢在永遠追不到的地平線。

比較特別的是，我留意到葡萄的栽植方式有些微差異。普羅旺斯的葡萄軀幹矮小獨立，台中新社的葡萄以攀爬方式延展。從前，我家的後院，種植不同品種的葡萄。父親從種植、施肥、採摘、到釀酒……都一手包辦。大部分的時候，我是超級好助手，唯獨看到葡萄枝葉間肥胖的蟲，會落荒而逃。

葡萄收成的季節，我們常在傍晚的徐風中採收，打開防止鳥啄的紙袋，驚喜讚嘆地看見顆顆圓滿的豐收，迫不及待地用衣服簡單擦拭，快速剝皮去籽，塞入口中，享受人間極致的甜美。

父親親手釀造葡萄酒，製程十分考究，感覺像是在做科學實驗般謹慎用心。印象最深的是，他會在裝瓶的時候，仔細用標籤註記年份、葡萄種類，彷彿隆重儀式似地窖藏。長大以後，開始研究星座，我才知道父親是典型的「處女座」，從他釀酒的手續就可以看出性格，神聖不可侵犯。

酒很公平，只要過量，都會宿醉

如此珍貴的酒，大部分都拿來送人。只有過農曆年的時候，全家圍爐團圓，我們才有機會一起舉杯。歡度節慶，心懷感恩。

美酒，總能在喜慶中打開人們渴望幸福的靈魂。在這趟從巴黎往普羅旺斯的旅途中，我行經阿爾勒（Arles）共和國廣場（Place de la Republique）的聖托菲姆教堂（Église Saint-Trophime d'Arles），正好目睹一對新人舉辦婚禮，新郎和新娘喝完交杯酒，轉頭立刻將酒杯甩向身後摔碎。據說，這是源自希臘一個禮俗，讓新人無後顧之憂地擁抱幸福。

美酒在喜宴節慶的動人之處，除了彌漫著歡愉的氣氛；也能喚醒內心深處的情感，透過時間的發酵與沉澱，深層地療癒心靈。

父親過世多年，家裡的壁櫥，還有幾瓶他所釀的酒。沒人去動、沒人去喝。我知道很多窖藏的名酒都很珍貴，但在我心中永遠比不上父親的傑作。

100
SHAKESPEARE AND COMPANY

無論何時何地，看到葡萄園，都會想起我的童年、和我的父親。到現在，還是堅信：那幾年恣意地享受回歸自然的田園生活，是父親這輩子最開心的日子，也是我和家人此生最無憂無慮的時光。所以，葡萄酒的味道，在我的人生字典裡，是喜悅、慶祝，也有淡淡的傷感。

儘管未成年確實不宜飲酒，但是對於我這樣的農家小孩，和父親開懷暢飲私釀的葡萄酒，絕對超越道德與健康的標準。更何況，我們都只是淺嚐即止，絕無飲酒過量之虞。

未解世事的我，喜歡紅酒的甜美、白酒的俐落，也懂得欣賞與接納，甜美與俐落經過唇齒之間時，難免會有的苦澀。等到成年之後，經歷人生的歡喜哀愁，才知道：甜美、俐落，帶點苦澀，是人生最真實的滋味。

美酒，總在喜慶的時候，為人們的歡

喜，慷慨加倍；苦酒，也在悲傷的午夜，替哀愁的情緒，帶來安慰。

其實，美酒、苦酒，都是同一種酒，也是一體兩面的滋味；只是場合不同、心情不同，喝酒的動機不同，感受就因此不同。但是，酒很公平，只要過量，都會宿醉。不管你是新郎、或喪偶，適可而止地喝一杯就好，千萬別貪杯，若長期沉淪於杯底的宿醉，很難再游回獨自清醒的世界。

療癒旅途的疲憊；歡慶友誼的純粹

給我一杯忘情酒！或許，很容易。困難的是，如何暢飲，而不喝醉？或是，如何喝醉，而不傷身？

有位好友的酒量和酒品，都堪稱一絕。他可以混酒乾杯，瀟灑巡迴三桌，就算被灌醉也只是昏睡。關心的親友，難免對他嘮叨，喝酒傷肝損胃。但是，養生的道理，誰不懂呢？多數人不

懂的反而是：滄桑太多的男人，在未盡療癒之前，都但願長醉。我只能為他祝禱，希望他有朝一日，能找到真正的救贖，以愛的力量找回內心的自由，不再和往事做困獸之鬥。

N之前曾和我聊天，他最嚮往的度假方式，並非歐洲，而是東南亞的小島，躺在沙灘上，曬太陽、喝白酒。這次他來到巴黎，發現喝葡萄酒和喝咖啡一樣便利、而且理所當然，我至今沒敢問他感受如何，但心底希望他可以無悔於此生至少來一次巴黎。

在巴黎的超級市場，即使只是三歐元（大約新台幣一百二十元），就能買到品質還能入口的白酒或紅酒。品牌與口味眾多，到了目不暇給的程度。N知道我很愛吃桃子，有天晚上還幫我選了桃子口味的水果酒，酒精濃度只有百分之七，口味偏甜，我們自作聰明地混加一點啤酒，很能療癒旅途的疲憊，也能歡慶友誼的純粹。

而且初夏在法國超市買新鮮的甜桃或水蜜桃，價錢都非常便宜，平均一顆甜桃大約〇．一歐元（新台幣四元左右），我每天都買一袋，大飽口福。這種幸福的感覺，即使沒有酒，也令人陶醉。

BEFORE

美酒可慶歡喜，苦酒以抒懷憂，兩者都是人生最真實的滋味。

AFTER

酒逢知己千杯少，並非酒精作祟，而是彼此懂得對方的感覺。

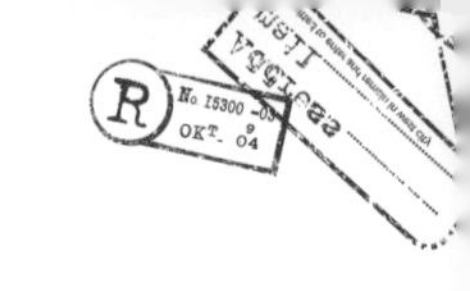

心裡的兩個時鐘

身處不同的城市、不同的生活節奏，能夠用心去記住對方的時間和作息，無論對象是家人、情人、或朋友，確實都是一份牽掛，來自彼此深厚的愛。

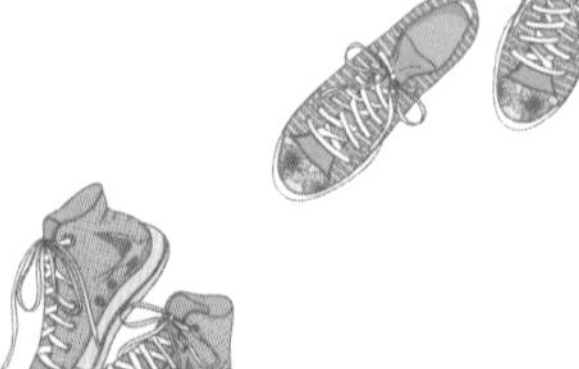

你那邊幾點？

本來，這只是居住在不同城市的兩個人，可能有的問答，透過時差來呈現彼此的關心與地理上的距離；但是，自從蔡明亮導演把它引用為一部電影的片名，隨著劇情發展，讓「你那邊幾點？」延伸到生死兩個不同世界。

《你那邊幾點？》這部片中，導演運用巴黎深沉的寂寞感，營造疏離於台北的恐慌。人在異鄉，萍水相逢之後，留下的是幸福、或是遺憾？最後還是取決彼此心的距離。

從此，「你那邊幾點？」不再只是地理位置的距離、還包括宇宙生死的界線，幸好，只要感情還有、愛仍存在，時差就根本不是問題，只因為心，是在一起的。

戀愛中的人，最能感到安慰的，莫過於——心，是在一起的。無論相隔多遠、時差多久、甚至生死茫茫，只要彼此都確認：心，是在一起的！所有的等待與守候，再怎麼辛苦，都可以是愉悅的。

所謂的時差，未必只存在於不同的城市之間。地理位置相隔千里，那是生理時鐘為適應環境而產生的時差。但即使同處於一個城市，當兩人的生活作息不同，對時間的節奏感不一樣，就會有另一種時間，心理的時差。

有位女性朋友的男友，常在午夜兩點打電話給她，一聊就是半個多小時。她的好友並不諒解，覺得這男人自私。但她絲毫不這麼認為，熱戀中的她把愛情當作第一優先順位，若等不到男友電話，她可能還失眠呢！正因為男友知道她會等，所以無論忙得再晚，都會打電話給她，彼此話點家常，再互道晚安。

別人眼中的作息時差，他們彼此卻覺得剛剛好，那就好。這就是愛情，旁人都沒有置喙的餘地。

與愛同行的路上，
彼此都可以忘記時間

隨著年齡的增長、關心的對象、戀愛的狀態不同，我對於時差的

在意程度與因應方式有很大不同。

年少時候的我，短暫旅居巴黎期間，並不常問：「你那邊幾點？」雖然當時所愛的人與我相隔千里，但是因為我的手錶始終沒有調整為巴黎的時間，無論我在美國、或在歐洲，我心裡想的、念的，都是台灣的時間。我牢記著對方所處當地的時間，反而比較容易忘記自己在異國的時間。

二十年後，回到巴黎，不調整手錶時間的習慣，依然沒有改變，但智慧型手機的ＡＰＰ，已經可以在同一個螢幕畫面上，呈現不同城市的時間。而此刻的我，也無須再探問：「你那邊幾點？」因為我已經知道：與愛同行的路上，彼此都可以忘記時間。

唯有要打電話給老媽請安的時候，我需要用心忖度時間，考慮的並非只是兩地時間的差距，而是她老人家這時候，會不會正在休息？估計對方可能的作息時間，其實比算時差更難。因為時差是永遠固定的，人的作息可能是逐日變化的。你願不願配合對方，要看你有沒有心？

身處不同的城市、不同的生活節奏，能夠用心去記住對方的時間和作息，無論對象是家人、情人、或朋友，確實都是一份牽掛，來自彼此深厚的愛。

空姐靠運動、以及瑜伽，調整時差

我個性敏感，對時差反應強烈，通常只要經過長途飛行的返程，回到台北之後，都比一般人要花兩倍到三倍的時間，才能適應。

很多朋友好奇：「為什麼你在往程的路途中，看起來很正常，好像沒有任何時差一樣？」之前，我並不知道答案是什麼？甚至自己都沒有察覺，在往程的途中，一直表現神采奕奕的樣子；後來，當我願意全然地接納自己，就發現那個好強而心虛的一面：其實我都是靠意志力在支撐。

Finding you,
finding me and
finding us.

關於時差問題，我請教長榮航空的座艙長崔淑芳：「空姐，如何調整時差？」她的方法是靠運動、以及瑜伽。但她進一步跟我分享一個真相：「其實空姐最大的挑戰，並非時差，而是早起！」呵，果然隔行如隔山。她告訴我，長途飛行的班機，空姐還是有機會輪班休息，有個隱藏於機身處的小小臥舖，還算簡單舒適。

幾十年來，搭了無數次長途飛機，一路吃吃喝喝、睡睡醒醒，我很少好奇航班上出餐的時間，好友N提供一個有趣的問題：「飛機上出餐的順序，依據是什麼時間？」

可以參考的答案是：「前半段，是以啟程地的時間為依據；後半段，則以抵達地的時間為準則。」例如：午前從巴黎起飛的班機，飛到足夠的高度，就會開始提供午餐；清晨六點會抵達台灣的班機，降落前供應的，就會是早餐。

呵，再追問白癡題：「中間若餓了怎麼辦？」

「請按鈴，跟空姐要點心囉！」這個答案夠直爽了。

但我看著許多幾乎一路昏睡的其他旅客，不免好奇：「他們是因為刻意要調整時差，才睡得如此深沉；或是根本沒想到時差這回事，才能好好睡一覺？」

或許，我就是因為心裡總是住著兩個時鐘，才會在飛行途中，總是保持清醒吧！

BEFORE

相處時，幾乎把所有的注意力都放在對方身上，
以為犧牲對自己的關照，就是最好的付出與成全，
卻忽略這樣做可能給對方帶來壓力。

AFTER

平衡地遊走於兩個人所處不同的地點、不同的時間。
深切地關心對方的需要，但也不過度委屈自己，彼此都沒負擔，才會開心。

最珍貴的紀念品

當下的感動與日後的回憶，
其實不能完全相提並論。
照片能捕捉的，是方格內的影像；
你心中的想望，
永遠超過相機記憶卡的容量。

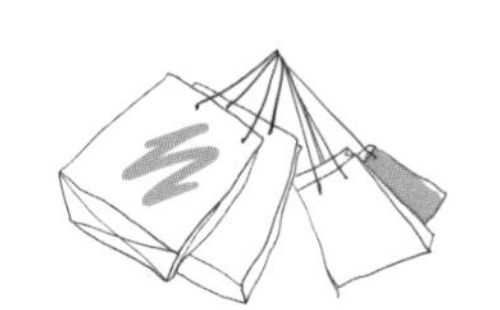

購物，是我旅行的重頭戲之一。原則只有三個字：快、狠、準！

剛開始踏入寫作這行，常因為工作而有機會和好友淡如出國旅行。雖然她年紀比我輕，但入行比我早。當我還是文壇菜鳥的時候，她早已經是天后級暢銷作家。到現在還是很感念她，願意提攜後進，讓我有機會跟她一起學習，無論是寫作、演講、主持節目、為人處世，她都可以算是我的導師。我

受她影響最深的是：率直灑脫的風格，不要因為自己個性太過客氣而拖泥帶水，或許無法討好所有的人，但長期而言可以讓大家都誠實以對，不用委屈自己。

想當年，這位文壇前輩，對我最讚賞的，應該不是我的文采，而是我購物的效率，可以和她匹敵。有一次，我們聯袂去馬來西亞舉辦座談會，工作之餘連和出版界主管用餐時間都放棄，只因為想要爭取一點時間逛街購物。主辦單位從善如流，送我們去逛街，但扣除交通往返，剩下二十分鐘的時間可以血拚。我和淡如各自分頭進去採購，集合時間一到，兩人手上已經大包小包，都是替家人買的東西。我們在回程車上展示戰利品，真誠地互讚對方眼光好，而且顏色、款式、尺寸都無誤。所以，彼此尊稱對方為「閃靈刷手」。

旅行途中購物，對某些人來說，是件苦差事

這項購物功力，來自對家人深厚的理解。平常必須觀察對方的喜好、以及需求，另外就是果斷的判斷力。

家母因為中風關係，行動不便。她的日常衣物多半都是由我負責採

買，而她最得意的事情，就是穿上我買的衣服之後，在親友面前亮相，得到大家的讚美。

很多親友都知道，要取悅我老娘對服裝的美感與要求，是非常困難的事。因為她是專業的裁縫師，對款式和質料極講究。小時候，我們幾個孩子的衣物，都是她親手縫製的。她日常衣著，絕不假手他人；有幾件重要場合的服裝或冬天大衣，是娘家親戚代購的舶來品。當年，經濟生活很窘困，她對服裝可是寧缺勿濫。

從小，學齡前的我，幾乎日夜跟在她身邊，陪她幫顧客做衣服。直到我念高中，她還繼續從事裁縫。多年來的耳濡目染，很能了解她的眼光品味。我出差到國外，若要幫她選購衣物，剛進到一家服飾店，只要快速掃描二十秒，就能判斷這家店有沒有適合老媽的服裝，至於她的尺寸，肩寬、袖長、腰身、腰圍、褲長，我都背在腦海，至今沒有失誤過。

其他家人或親友託買的東西，只要他們說得夠清楚，我都能順利達成任務。旅行途中購物，對某些人來說，是件苦差事，卻是我的樂趣，而且樂此不疲。

對我來說，旅行中要買的東西，分為四大類：一、自己想買的；二、親友有交代託買；三、親友沒交代，但我想買給他的；四、到此一遊的紀念品。其實，前面三項雖然是重責大任，但花時間最多及最苦惱的，是最後這項。例如：巴黎鐵塔鑰匙圈，大

概就有上百種，質料、款式、價格都不一樣。除非你不在意、隨便買，閉著眼睛就可以去結帳；如果你認真挑選、細心比較，立刻眼花撩亂，而且很難果斷。

用口袋裡最後的零錢，傳遞朋友之間最大的慷慨

多年前去巴黎，旅行紀念品的款式與種類，沒現在這麼多，但比較古樸精緻。羅浮宮底層，賣很多翻製的古物，十分典雅。附近商家的明信片、咖啡杯，各有特色，而且藝術氣質濃厚。現在，觀光客與日俱增，銷售紀念品的商家跟著搶攻商機，各式各樣的小物件，琳瑯滿目。有的材質和外型都十分類似，令人目不暇給；有的具備文創的特色，讓我愛不釋手。

而有些紀念品，是不需要帶回來、也無法帶回來的。當下的感動與日後的回憶，其實不能完全相提並論。照片能捕捉的，是方格內的影像；你心中的想望，永遠超過相機記憶卡的容量。

我曾經跟一位好友去巴黎，兩人在旅途中用盡盤纏。回程在機場閒逛，看到喜歡的東西，還是會手癢，拿起來翻翻看，但因為已經透支太多，沒有想要拿去結帳。飛抵台灣之後，他從包包裡拿出一個印有巴黎鐵塔的餅乾盒送我，

那一剎那的感動，成為旅行最美好的句點。他知道我平日蒐集鐵盒，而且在機場免稅商店時，戀戀不捨地看了它幾眼。他用口袋裡最後的零錢，傳遞朋友之間最大的慷慨。

又如，好友N本身並不特別偏愛甜食，但因為女兒很愛西點，整個旅行沿途都忙著在拍甜點店的櫥窗。原來，我們都曾如此用心地，想要從旅行中帶回一點什麼，給自己在意的人。既是分享旅途的美好體驗，也彌補著沒有同行的小小遺憾。

TRANSFER
FOLLOW THE SIGNS

B
BEFORE

自己省吃儉用、縮衣節食，卻很願意散盡千金，滿足所愛的人。

A
AFTER

無論是自己付出的、或從對方哪兒得到的，會更珍惜用錢買不到的心意。

Finding you,
finding me and
finding us.

時間與靈魂的對望

皺紋，是臉上的風霜，
也是認眞的痕跡。
有一天，我們都會老去，
而靈魂總是不朽。
在彼此對望的那一刻，
但願所有的記憶都能依舊溫柔。

我很喜歡攝影。大學時還參加攝影社，跟著指導老師上山下海去拍照；但我沒有想到，後來的人生裡，在很多場合、有很多機會，我是要被拍照。

主動攝影、和被拍照，我當然比較喜歡前者，但後者是由不得自己。而且，愈抗拒的結果，愈慘。這一路走來，慢慢地摸索，我終於適應必須被拍照這件事情。而更好、或更糟的是，我學習去接受被拍得很醜的時候。

尤其，開始長期寫作及出版之後，基於封面、封底或摺口編排的需求，承蒙出版社厚愛，總是約聘很專業的攝影師跟我配合，希望拍出很有特色的照片。

令我印象深刻，而且合作過數十本書的攝影師，是留學美國取得攝影碩士學位的高手。他有著別的攝影師無法望其項背的專長，總是可以拍出內心深處的我，每次他透過攝影機按下快門的剎那，我能明顯感受彼此的靈魂對望。而且，很準確地，就在那千分之一秒的當下。沒有快半秒、也不會慢半秒。

這種靈魂對望的體驗，完全超乎性別與情愛，而是在那一秒，我看到你的專注、你捕捉到我的靈魂，你無須探測，我不必抗拒，全然地信任與交付。

最近這幾年合作攝影的，是一對既專業、又貼心，很溫馨的夫妻檔。老公負責拍照、老婆幫忙打點，從身體與四肢擺放的姿勢、臉的角度、服裝的縐摺……都面面俱到。而且這位太太顯然很懂得肢體的肌肉與用力，三言兩語提醒我在哪個部位使力，就能修正姿勢，讓照片中的我看起來更挺拔。

透過肢體的調整，呈現內心的狀態，這是另一種靈魂的對望。雖然它的過程

好像比較機械，但其實還是很心靈的層面。因為，若非這樣的程序，我永遠不會發現：「背脊第幾塊骨頭用力，臉部表情看起來就會有自信」的道理。

身體愈來愈老去，靈魂依舊年輕

好友N是個多才多藝的人。精通美食烹飪、美術設計和人像攝影，對藝術、文學、哲學、電影、音樂等，多所涉獵。旅行中，絕大多數都在戶外拍照，整個巴黎都是最天然的攝影棚，但比室內的光影複雜很多。兩個已近中年的男人，一邊旅行、一邊工作，偶爾各拿手中的相機互拍，是認真與頑皮的靈魂對望。我不只一次拍著他的背影，卻彷彿可以穿透對方的靈魂般，看到內心的表情。

除了在攝影棚中的體驗，我曾經在與朋友的相處中，意外地感應很近距離的靈魂對望。有一次留宿於好友家裡，睡前他跟我聊了很多心事，大約凌晨五點多，我們居然同時醒來，而且在黑暗中四目交接。那一瞬間，心頭湧上的是深厚的友誼，彼此懂得對方的那份體己。

當我們身體愈來愈老去的時候，或許還能因為靈魂依舊年輕而慶幸。但傳

Finding you,
finding me and
finding us.

統的相機未必可以做出最生動的表達，近年來不斷推陳出新的修圖軟體，倒是對此勝任愉快。

拜先進相機與軟體合作無間之賜，愈來愈多熟女，無忌於眼角的皺紋，勇於拿起手機自拍，按下快門的瞬間，和自己靈魂對望的那一刻，因為知道皮膚會被修飾得比打肉毒桿菌更為緊實，而感到無比自信。她並不知道：其實靈魂並不在意這些——無論你的皮膚有沒有皺紋，靈魂都還是很愛你。

堅毅而溫柔的神情，
是皺紋的另一種魅力

好友的姊姊，是位賢妻良母，婚後為夫家與婆家都付出甚多心

力。因為過度操勞，眼角平添許多風霜。每當家族聚會，大家要一起拍照時，這位姊姊都刻意躲開，不肯合影。直到她的小孩，到國外攻讀碩士學位，說很想念媽媽，她才願意拍照，傳給兒子看。

這是一個偉大母親的犧牲與成全，也是天下子女都會感動的畫面。臉上的皺紋，是最可貴可敬的真實與美好。

皺紋，是臉上的風霜，也是認真的痕跡。有一天，我們都會老去，而靈魂總是不朽。在彼此對望的那一刻，但願所有的記憶都能依舊溫柔。

我停留在巴黎期間，躬逢其盛地「巧遇英國女王伊莉莎白二世」。在她的堅毅而溫柔的神情中，我看到皺紋的另一種魅力。

呵，原諒我被台灣媒體下標題的方式影響至深，但以上說法並非空穴來風。我，確實是在巴黎的香榭里舍大道，親眼看見英國女王伊莉莎白二世，她剛參加完「諾曼第登陸七十週年紀念」典禮後，隨著車隊從我眼前經過，因而有機會讓我捕捉到她伸手向夾道致意民眾揮手的畫面（右頁照片車窗內白手套的光影，即是女王親切的揮手）。

歷史與世紀的靈魂對望

會有此機緣，正因為二〇一四年六月六日，是一個特別的日子——它是二次世界大戰期間，盟軍登陸諾曼第，七十週年紀念日。

回溯七十年前，歷史上的今

天，也就是一九四四年六月六日，在最高指揮官艾森豪的指揮之下，以英、美、法為主的同盟國軍隊，包括：做為先發的兩萬多空降傘兵，和大約十六萬部隊，在空軍轟炸與海軍軍艦砲擊的掩護下，從英國樸次茅斯起航，橫渡英吉利海峽，成功登陸法國諾曼第的海灘。腹背受敵的德軍，在諾曼第登陸戰後的第十一個月，宣布投降。

這次參加「諾曼第登陸七十週年紀念」典禮的座上嘉賓有：英國女王伊莉莎白二世、美國總統歐巴馬、俄羅斯總統普亭、法國總統歐朗德和德國總理梅克爾等十多位領袖。還有當年勇闖諾曼第的青年軍人，如今都已年近百歲。

仍然健在的他們，永遠無法忘

記戰地記者萊恩（Cornelius Ryan），為此戰役寫下文學名著《最長的一天》（The Longest Day）。因為，那也是他們生命中，最黑暗、也最輝煌的一天。

我和N跟著人群，站在香榭里舍大道旁，等候車隊經過。沿途戒備森嚴。現場民眾的秩序，與法國警察的風度，和當天巴黎晴朗的天氣一樣好。大家耐心地守候將近兩小時後，親眼看到這位見證過二次世界大戰歷史的領袖級人物，親切誠懇地對民眾揮著手。

那是歷史與世紀的靈魂對望，也是堅毅與溫柔的相互凝視，發生在我們擦肩而過的一刻。

唯有深邃的愛情，
才能對望彼此的靈魂。

靈魂的對望，超越狹窄的情愛；
透過慈悲的雙眼，
看見双方內心的渴望。

旅途中，相陪一段

我常在觀察主人的接待中，覺察自己的個性，
在對方冷熱快慢的應對中，思考自己喜歡被如何對待，或許那才是更眞實的我。

旅行的意外插曲，常是人生最美的驚嘆號。

很年輕的時候，我對旅行的態度很瀟灑，可以說走就走，不過多半是不知天高地厚的有勇無謀。再經歷多點人生，我比較希望準備周延才出發，這個階段認真謹慎的態度背後，某種程度隱藏著內在深度的不安，缺乏自信。現在的我，看似回到年少時的隨興，但顯然也已經有所不同，我買了機票、訂好酒店就出發，願意隨遇而安地臣服與接納，過程中一切的發生。

這次到巴黎的旅行計畫，除了往返的時間，和巴黎的酒店，行程表上一片空白。仰仗著C在巴黎定居超過三十年，隨時有任何問題都可以討救兵，我就抱著「沒問題啦」的安全感出發，其中還有四天到普羅旺斯（Provence）的行程交

FLIGHT 112/A
STRAP CHECK NOT
26·85

給他處理，我完全沒有過問：「要住哪？」「會吃些什麼？」「有哪些景點可看？」

看似一切隨興，但其中有很多老朋友相處中，才會有的了解與信任。正因為心態上是隨興，所以沿途的驚喜也就特別多。C沒有跟我預告他的所有安排，但一切的對待都是當下我最需要的。他來機場接送，領我到酒店後告知附近的超級市場、再帶我去買地鐵票……隨即讓我自生自滅、自由自在，直到出發去普羅旺斯。他沒有多做一點、也沒有少做一點，所有的付出，都是剛剛好。

這種剛剛好，讓人覺得安心。如果你經常出外旅行、或到別人家裡作客，難免會有不同的經驗。有的主人粗心大意、或漫不經心，完全無法體

IMMOBILIER

會你的需求，口沫橫飛聊了半小時，一杯水也不給；有的主人過度小心、或天生敏感，一坐下來問你要喝什麼，熱茶上桌後，不斷問你溫度夠不夠，要不要添茶加水，忙到沒時間敘舊。

我常在觀察主人的接待中，覺察自己的個性，在對方冷熱快慢的應對中，思考自己喜歡被如何對待，或許那才是更真實的我。

每個遇見，都是奇蹟般的驚豔

在阿爾勒（Arles）停留兩天一夜，這是C早就安排好的行程。但因為事先我沒有過問，所以這將近四十八小時的每個遇見，都是奇蹟般的驚豔。我參觀阿爾勒競技場（Arènes d'Arles），是世界上僅存的三座古羅馬圓形競技場之一，拜訪梵谷住過的地方、以及他畫的咖啡館，鎮上有很多知名的旅遊景點，但我跟N印象最深刻的，卻是在丹尼爾家被招待的兩頓晚餐。

從台北出發之前，我只知道C在普羅旺斯有位老友丹尼爾，我們會順路拜訪，沒想到打擾甚多，還連續兩個晚上在他家用餐。

丹尼爾之前是一位專業的古董商人，退休後獨自在阿爾勒定居。雖然他還是會去古董市場逛逛，但已經心如止水，買的都是二手家飾品。把四層樓（地下一層，地面三層，外加頂樓陽台）的獨棟透天厝，布置得很典雅、而且舒適。

我們抵達的第一個晚上，就在丹尼爾家用晚餐。C為避免主人太辛苦，出門買了外帶的披薩回來，大家一起享用，佐丹尼爾親手做的沙拉。

丹尼爾手藝很好，做沙拉的工具也很專業。我在台灣電視購物頻道看到的沙拉脫水機，此刻出現在我眼前，只見他將脫水好的青菜倒在容器上，開始添加調味，他彷彿看過台灣美食節目般，問我們：「沙拉要好吃的秘密武器是什麼？」當大家投以好奇的眼神時，他公布答案是：「美極鮮味露！」

或許是因為沙拉真的太好吃，我對餐桌上的披薩，破例食指大動。因為在微軟公司工作那幾年天天加班，晚餐有很高的機率是和同事共食外叫的披薩，當時台灣的披薩講究皮厚彈牙，而且餡料中佈滿番茄醬，終年吃膩披薩的我，對這口感萬分煩膩。後來看到披薩就反胃，很少會勾起我的食慾。但這一餐的披薩顯然大大不同，皮薄酥脆，起司香濃，沒有太多番茄醬攪局，餡料食材非常新鮮甜美，令人吮指難忘。

這頓晚餐的披薩，讓我想起最近開始和披薩化敵為友，是在幾個月之前，去

Finding you,
finding me and
finding us.

好友N的家裡作客，他的女兒和女婿特別外出買回來的小貨車私房炭烤披薩，大概就是這的等級。

我想，這真是境界很高的待客之道。主人完全自然隨興、沒有刻意，卻讓客人融入歡愉的氣氛中，化解之前對某些食物的偏見。

把酒言歡之後，再次開懷暢飲

翌日，在丹尼爾家享受第二頓晚餐，是蘑菇雞腿飯。他將超大的蘑菇切片，加入醬料拌炒，將雞腿放入鍋中悶煮，然後在沒有大同電鍋的歐洲廚房，當著台灣人的面前，神乎其技地用瓦斯爐煮白飯，不花多久時間，美食已經完成。當然，還包括一道故技重施的美味沙拉。

晚餐時，原本對澱粉類有點過敏的N，在丹尼爾家吃這道蘑菇雞腿飯時，完全不在意晚餐過後可能的胃脹氣，連續吃了兩盤。主人的盛情、客人的禮貌，充分交融在餐桌上。人近中年，我很開心常有機會印證很多老掉牙的說法：「對主人最好的肯定，就是把他招待的美食吃光。」

席間，丹尼爾從二樓房間，隔著想像的距離與空間，輕輕播放他剛從旅行中帶回來的CD，是葡萄牙語的情歌，深沉渾厚的嗓音，低低訴說著世間的纏綿與滄桑。

有了美食與音樂，當然不可或缺美酒。我和N赴約前，先去超市買紅酒和白酒；而丹尼爾家提供茴香酒，是一種帶著中藥八角味道的酒，加入冰塊後，從透明變成乳白色，外觀很容易誤為小時候喝的「可爾必思」。

而N的熱情回應，就不只是連續兩盤雞腿飯，加上把飯菜吃光，他還把丹尼爾家裡的茴香酒喝盡，也算是成熟男人之間培養友誼的一種方式，繼初次見面的把酒言歡之後，再次開懷暢飲，終能「與爾同銷萬古愁」了。

圓滿的時候當盡興，有缺失的事情要改進

相對之下，我在旅途中，做了一件多少有點令自己感到失禮的事情。

離開阿爾勒（Arles）之後，我們到號稱距離天空最近的石頭城（Gordes，法文的意思是：掛在天空的城市）遊覽，在一家小館用午餐，菜單上的選擇不

多，面對整張滿滿的法文食物名稱，雖然C為我逐項翻譯，但是在驕陽高照之下，向來細心體貼的我，在眼睛睜不開的盲目下，竟失心瘋地點了一道魚——這是N最不喜歡的食物。而且我本來以為只是切成小片的白色魚肉，沒想到送餐上來時，看到的卻是一條完整暗灰色的魚，呈現在他面前，整頓午餐都令我感到尷尬萬分。

尤其當N以德報怨地，將他盤中的義大利肉餃，送一塊與我分食的時候，而我完全無法回敬我餐盤中的魚與他共享，著實令人內疚。

此刻，我想到一對情侶朋友，男方不吃魚，女方愛海鮮，每次親密關係前，男方還是很嚴格地要求女方用漱口水，徹底清洗，以免他聞到魚腥味道。幸而我的朋友，沒有對我如此苛責，他安靜坐在我對面，忍受我把一條魚啃光，大概也沒發現我正懊惱自己：為什麼不能像愛吃魚的父親那樣，精準地把魚刺挑出，保持整個餐盤的乾淨俐落；以及，深知自己犯了不該犯的錯——剛幹嘛不點鴨腿呢?! 離開餐廳後，我還跟自己過不去。

離開石頭城的路上，還頻頻內省：我究竟是太緊張、還是太放鬆了？連對人最基本的體貼都拋諸腦後？尤其那頓餐飯，事先說好是輪到我作東，更應該顧慮客人的偏好，而不是「只要我喜歡，什麼都可以」啊。

有此片刻的深度檢討之後，我也學會放自己一馬。記得每次失手的經驗，並非只是因為它難忘而已，還要能提醒自己，千萬別再犯相同的錯誤。

再次回到在人生旅途中，無論是朋友、情人、或親子關係，誰是主人？誰是客人？有時候很難界定。有時候，彼此有緣在旅途中相陪一段，互為主客。從短短一頓餐飯的待客之道，主人的款待、客人的回應，可以看出彼此是否適合終老。並不只是吃得好不好、喝得夠不夠，而是圓滿的時候當盡興，有缺失的事情要改進。

我偶爾自責、偶爾感恩，更多數的情境，是覺得很幸福。

BEFORE

常對待朋友細心體貼到緊張萬分的地步，很容易讓彼此都感覺到莫名的壓力。

AFTER

無論是主、是客，都提醒自己：要從容自在地接受一切，就算偶有缺失，也不要太在意。

Finding you, finding me and finding us.

出發與抵達之間

每個人的一生，
都要有一個很想去流浪的地方。
你會願意爲它放棄眼前所有虛浮的追求；
而它幫你重拾一個更簡單的自我。

每個人身上，與生俱來想要流浪的DNA。回想起來，童年住在山上那幾年，我就開始愛上流浪的感覺。我喜歡一個人沿著山間小徑，漫無目的地遊走，到天黑才回家。好幾次，參加學校遠足，小小年紀的我，竟會莫名其妙地脫隊，被心急如焚的大人們尋回，表面上好像都找到一個理由：不小心落單迷路、毛毛蟲掉入衣領……但多年以後想

起來，我覺得那些都是藉口，真正的原因是，我想一個人走走。

N的童年在虎尾度過，但小學時就會帶弟弟出遠門，搭公車到苗栗通霄海邊玩耍。雖然長大後的他，變得比較宅，但只要可以玩到海水的地方，他絕對不會錯過。

我們為什麼千方百計想逃離熟悉的地方，去面對更多未知的可能？旅行過數十個國家的我，從未認真想過這個問題。在母親中風之前、父親還健在的時候，我只知道，我很想走，愈遠愈好。甚至不需要錢、不需要閒，只要我想走，沒人可以阻擋我。相對於有些人，把旅行說成有錢有閒才能做的事，真是俗氣啊！

直到二十幾歲那年，有位大我幾歲的熟女朋友，突然在午夜打電話約我，隔天清晨去澎湖，而且當真說走就走。面對一片海洋，幾罐啤酒，聽她盡情傾訴感情與工作的糾葛，我才第一次知道：旅行，是可以讓人最快從現實逃脫的方式。只要願意用行動離開，所有心裡的愛恨都可以暫時告一個段落。

每向外走出去一步，就朝內更接近一些

是啊，二十幾歲的我，何其天真？我竟然可以那樣單純地以為：旅行，可以用來逃避現實。從出發的那一刻開始，就是形式上

最強而有力的告別。後來的我慢慢知道更殘酷的事實：即使願意用行動離開，所有心裡的愛恨還是繼續會上演。真正能讓一切告一段落，並不是旅行，而是自己願意割捨。

但正因為心智漸趨成熟，所以我沒有否定旅行的功能與意義。固然，只要能夠割捨，不必出門旅行，就可以放下一切。但若實在無法放下的時候，或許旅行可以提供自己一段比較理性的距離，重新看待自己和煩惱的關係。

剛開始的時候，我們或許會誤以為：旅行，可以用來逃避現實；但是，只要你一旦走出去，就會發現自己更加清醒。那些愈走愈遠就愈陷入夢幻的人，通常都是很主觀的，沒有睜開眼睛去仔細觀察已經變得不同的世界，也就無法得到鮮明的對比，他們其實並沒有真正出發，還繼續存活在自己的想像中、執著於不願改變的念頭裡。

旅行，永遠是個愈向外面走，就愈靠近自己內在的路途。每向外走出去一步；就朝內更接近一些。在來來回回的過程中，我們會一直遇見不同的自己。虛幻的、自信的、軟弱的、堅定的、虛榮的、樸實的、貪婪的、勇敢的……而每個自己，都是真實的。在每個人生的路口，和自己相遇。學習善用以下這四個步

Finding you,
finding me and
finding us.

驟：1.辨識自己；2.接納自己；3.成全自己；4.再放下自己。於是，可以樂觀地去期待，得到一個完整人生。

帶著盼望走出去，再帶著祝福走回來

二十幾歲那年，陪熟女好友去澎湖，共同去經歷、去體驗，旅行可以帶給內在的療癒力量；三十歲後的我，多次渴望著重返巴黎，或許我看到自己有很多成長的滄桑需要療癒。

另一位男性好友，在三十五歲那年離婚後，獨自帶著所有的家當，現金新台幣百萬元去菲律賓小島度假，矢志把錢花光才回來。在我看來，他只是想要自己的人生找到可以重新開始的著力點，於是用了置之死地而後生的方法。而那個小島，也是中年後的他，日夜想要重回的地方。

舊地重遊，在巴黎。我有時像個觀光客，在知名景點拍照，紀念著到此一遊；有時像個滿懷鄉愁的遊子，回到熟悉的大街小巷，經過無數盞相同的街燈，尋找往日的足跡，預料未來的自己。

我和巴黎的緣起緣滅、若即若離、愛恨聚散，完全就是這一生情感最私密的寫照。等待二十年的醞釀，停留十二天的依戀，費盡心力要再一親芳澤，加上有老朋友的加持、新朋友的照顧，旅行即將結束的時候，我恍然大悟出一個簡單的幸福：每個人的一生，都要有一個很想去流浪的地方。你會願意為它放棄眼前所有虛浮的追求；而它幫你重拾一個更簡單的自我。

LE BRÉSIL
CHEZ MONOPRIX
DU 28 MAI AU 8 JUIN
+ ON SAMBALLE POUR VOUS +
EU
VIM
DA
ANA LUÍSA LARANJEIRA
& SYLVIA CALAZANS
ISABELA CAPETO
RITA LESSA
ISABELLE TUCHBAND
VOS COURSES
MONOPRIX.fr

愛開玩笑的年輕朋友，看我被紫外線寵幸多日的膚色，故意混淆地名，問我說：「你去了哪裡流浪，是歐洲的巴黎、還是東南亞的峇里島？」其實，流浪的盡頭，是哪個地點，並不重要。管它是歐洲的巴黎、東南亞的峇里島、或甚至是台北的八里……比較關鍵的是：你願意帶著盼望走出去，再帶著祝福走回來。

即使到最後，遊遍世界的你，已經覺得幸福滿溢，哪兒都沒想去，只是流浪在愛人的胸懷，在無數次的出發與抵達之間，它讓你重拾自我，就無枉於彼此曾經的付託。

BEFORE

費盡心思，籌備盤纏，
渴望著向外走出去，到世界各地去旅行。

AFTER

發現比出去旅行更有意義的是：
向內探索自己。
兩者，可以同時發生，也可以獨立運行。

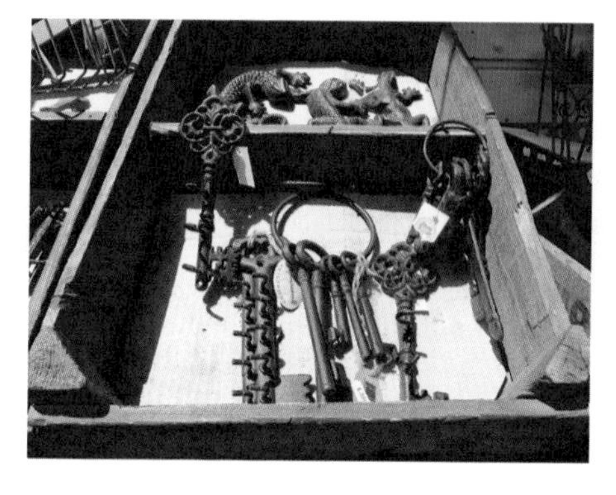

旋轉木馬的人生風景

無論人物或風景，美麗與耐看，通常很難兩者同時兼具。
若能並存於一，或許不是他本身的條件好而已，
也要歸功於懂得欣賞的眼光、以及永遠不厭其煩的包容。

巴黎，是個到處都有旋轉木馬的城市。據說，是因為巴黎人想要讓孩童無論在哪裡，都可以享受騎乘旋轉木馬的樂趣。我想，這是我很愛它的原因之一。各式各樣的旋轉木馬，有單層樓的、也有雙層樓的，而且動物造型多元奇特。巴黎植物園（Jardin des Plantes de Paris）的旋轉木馬，連貓熊、鴕鳥、長頸鹿，都在其間跟著旋轉。

有趣的是，這次旅行，從巴黎延伸到阿爾勒（Arles）、亞維儂（Avignon），我發現：每個城市都有旋轉木馬，彷彿要將所有的歡樂時光，藉由各種造型的動物，和熱鬧繽紛的音樂，不斷重複旋轉的圓圈，留下永遠不滅的回憶。

在《我們，還能再見嗎？》（高寶出版）這部長篇小說作品，我刻意用一座廢棄遊樂園裡的旋轉木馬，當作男女主角初次相遇、以及多年後錯過，但也可能在此重逢的場景。因為所有的旋轉木馬，幾乎都有每個人部分童年的歡樂回憶，然後以一去不復返的感傷，對比感悟成長的辛酸，延伸到愛戀的渴望與幻滅。

孩童搭乘旋轉木馬，是最單純的歡愉，長大後的年輕男女再搭乘旋轉木馬，多數是陶醉在戀愛的氛圍中。或許，熟齡男女心中也會有個說不出口的盼望，想要藉由搭乘旋轉木馬，重回往日時光……

我想，一座到處都有旋轉木馬的城市，總是充滿希望、浪漫、懷念、與離愁。經常能搭乘旋轉木馬玩樂的孩童，內心充滿被愛的感動與幸福；而渴望再搭乘旋轉木馬玩樂的青少年或成人，心中都有一塊等待被愛填補的寂寞。

適可而止；見好就收

旋轉木馬看似歡樂，沒有耐性的人卻覺得它周而復始，只是不斷重複。我曾在遊樂場看過孩童，剛坐上去很雀躍，沒幾分鐘就吵著要下來。幸好，遊樂園要收費的旋轉木馬設施，商人很聰明地會設定在遊客意猶未盡的時間內，讓音樂和轉動戛然停止，在你開始感到煩厭之前。

長大之後的我，才明白這也是愛情最困難的地方：我們常拿捏不清楚，什麼時候該適可而止、什麼時候該見好就收？

一個自稱很黏人的女孩，和男友交往初期，得到他的免死金牌，他親口說：「我就是喜歡人家黏我啊！」交往半年，他的說法變成：「我又沒說你不

能黏我！」再下去的發展，大家已經可以預料，不必我多說。

幾次吵架，她才知道，任何男人對黏膩的忍受，都有限度，她再愛都不能無限上綱。如同人生風景再美，也很難日復一日。除非，彼此歷盡感情滄桑，雙方都懂得珍惜與滿足。

在南法停留幾天，N問我：「會不會覺得這裡的每棟房舍、窗戶、盆栽、小花，都長得很像？」然後，兩人很有默契地互看一眼，相視而笑，歡喜地接納。這些重複，不就是一種愛的修行？否則，你怎可能跟一個人終老。

無論人物或風景，美麗與耐看，通常很難兩者同時兼具。若能並存於一，或許不是他本身的條件好而已，也要歸功於懂得欣賞的眼光、以及永遠不厭其煩的包容。

旋轉木馬看似重複，卻是另一個柳暗花明

而你，什麼時候會看膩我呢？

這永遠是個好問題。

我無法操控你看膩我的時間，只能讓自己一直有新的魅力。但我並非處心積慮要討好你，而是我也需要讓自己有新的氣息。或許，手中一本書的隻字片語、一首歌的音韻旋律，就可以讓我更有新意、或帶領我脫離煩膩的情緒。

除了對人物、或對風景的煩厭，人生難免有些無聊的時光，有待消磨打發，

觀察一個人殺時間的方式，或許會看懂他的價值觀。

在旅途中，搭乘高鐵或飛機，漫長無聊的時刻，我幾次看見N手拿著一本書、或戴著耳機睡著，覺得他是一個很懂得享受幸福的人。

從前，我會從表面判斷殺時間與個性的關係。例如：沒事就去睡覺的人，比較懶惰而被動；靠打電玩打發閒暇的人，比較害羞而封閉。但是，當我認識更多人、體會更多他們的心情，就知道自己那時的判斷過於膚淺。有些人看似用很無聊的動作殺時間，但內心卻在進行很深度的沉澱與自省。那是他在內心經歷別人看不見的風景，他的心中必定有一座旋轉木馬，正載著他前往，另一個柳暗花明。

一直以來，我很習慣忙碌，即使沒事也會找事做，所以無從了解，怎麼會有人需要想盡辦法殺時間。甚至我還提醒過讀者：「你殺時間；時間殺你！」建議大家不要無所事事虛度時間。到目前，我還是會據此勉勵讀者，善用時間管理，但我已經學會重新看待各種不同殺時間的方式，體會他們需要度過沉悶與轉換心境。進而我開始懂得為自己在緊湊的行程中，留下一段空白，刻意放空，沒有任何目的，連醞釀創意都不必。

而這個時候，總會有一座歡樂的旋轉木馬，浮現在我的腦海，讓我跟著它不停往前迴旋，看似留在原地重複運行，迎面而來的人生風景，卻已經又轉了好幾圈。

喜歡遊樂園裡的旋轉木馬，總覺得它可以乘載很多人生的歡喜悲愁，周而復始。

看見每個人心中，都有一座旋轉木馬，用不同的節奏，不停歇地迴轉著人生相聚別離的百般滋味。

回到自己的房間

旅行，單調的定義，
可以是從這個房間，走到另一個房間；
但也可以擴展成爲，你透過旅行在世界各地，
所擁有過的每個房間。

旅行結束，回到台北。意外經歷大約三個星期的時差困擾，比想像中的時間更長，深刻嘗到楚浮導演日以作夜的努力與辛苦。

睡不著的時候，我刻意讓腦袋一片空白。並未如從前的我，和時間賽跑，錙銖必較，更沒有趁睡不著的時候整理照片或寫稿。二十幾個心神徹底放空的午夜和黎明，我什麼都不想，除了「今晚睡不著；明天還要工作」的些微焦慮之外，我生活一切如常。甚至，白天還因為有很多事情要忙碌，而異常亢奮。

好友淡如很有默契似的，幾乎同一時間去法國，她比我早一個星期從巴黎回來，在重新適應自己生理時鐘的同時，關心我的時差問題，除了提供健康食品，還體貼地告訴我：「聽說個性愈敏感的人，時差愈難調回來。」

我在對世俗的反應感到認命之餘，看見更多內在的自己。很多重視自我精進的朋友，都把身心靈合一當作目標，在回台灣適應時差這段期間，我才發現所謂的「合一」是很艱難的挑戰。我身體回到台北，靈魂還留在巴黎，心呢？繼續日夜計算著時間的刻度，才會忙碌到全無睡意。

一個多月以後，我和N各自的生活作息，漸漸恢復正常。有一次聊天時，他問

L'HOTEL

我：「這次去巴黎，你最難忘的地點是哪裡？」如果把這個問題，拿來問剛從巴黎回來的觀光客，我想數十個知名的觀光景點，巴黎鐵塔、羅浮宮、奧賽美術館、凱旋門、龐畢度、歌劇院、雙叟或花神咖啡館……會在心中如排山倒海而來，並且難以做出抉擇。

然而，我沉默了五秒鐘，說出的答案竟是：「在巴黎住宿的酒店房間。」而他以擊掌的口氣，興奮地說：「我也是！」

在內心保留一個自己的房間

所有的旅遊景點，再怎麼美，都只屬於走馬看花的觀光客；回到自己的房間，即便它只是五星級酒店的行政套房，並非我真正可以久留的窩居，卻留給我一種專屬空間的感覺。

在那張書桌，我看過書、寫過字；在那張沙發，我聊過天、聽過音樂；在那張餐桌，我吃過早餐、喝過咖啡；在那扇窗口，我看過日出、等過日落；在那個客廳，我聽過笑話、吵過架……

每天晚上，我在那個房間做很多事情，也很生活化，不像是個走馬看花的觀光客。例如：寫日記摘要；替當天的花費記帳；仔細欣賞N當天拍攝的照片；靜靜遙望樓下幾家社區型的咖啡館，看著鄰近的住戶人來人往，想像這個父親帶著

那個小孩在說些什麼話。

出發去旅行，若到最後是發現自己的過程；住過的房間，將是旅人情感與靈魂交織的所在。

我想起維金尼亞・吳爾芙（Virginia Woolf，一八八二－一九四一）這位英國知名的小說家、散文家及文學評論家，曾入選二十世紀十大小說家中唯一的女性，並榮獲《Time》雜誌名人榜，因為長期被憂鬱症所苦，在六十歲投水自盡。她的作品風格細緻微妙，並為女性主義發聲，代表作《自己的房間》（A Room of One's Own；天培出版），強調：「女性若是想要寫作，一定要有錢和自己的房間。」以她當年的背景，講的重點當然是女性的經濟與自主；延伸這個觀點來看現代人，無論男人或女人，都需要在內心保留一個自己的房間，而且它空間會愈來愈大、價值愈來愈高。

或許，始終一個人孤獨地守著；或許，還能跟所愛的人分享。

旅行，單調的定義，可以是從這個房間，走到另一個房間；但也可以擴展成為，你透過旅行在世界各地，所短暫擁有過的每個房間。

當你想要出發去旅行，會從這個房間走出去，住到另一個房間，直到你旅程

Finding you,
finding me and
finding us.

結束，把另一個房間的記憶，帶回這個房間來。

清風，是他的蚊帳；
星空，是他的屋頂。

然而，讓我和N最羨慕的房間，是位於南法阿爾勒（Arles）那個小城，丹尼爾的住家。那棟四層樓的透天厝，除了地下室可以當儲藏室，一樓是客廳、廚房、餐廳，二樓是衛浴、以及書房兼客房，三樓是他自己的主人房。

但是，真正屬於丹尼爾的房間，卻不在屋內，而是在頂樓露天的陽台上。他在這裡種植花草，仙人掌長得非常茂盛，角落擺一套寢具，他說：「整個夏天，我都睡在

這裡。」清風，是他的蚊帳；星空，是他的屋頂。啊，這片藍天可是梵谷畫過的星空啊。

聽著丹尼爾說著說著，N百般留戀地拿起相機，為我拍了一張身影投射在對面鄰居牆上的照片，紀念這個很平民化房舍，卻是一幢心靈的豪宅。

已經回復單身的丹尼爾，獨自生活起居，過著閒雲野鶴般的退休生活，但一點都不無聊，精緻多采。每天燒飯、睡覺、看書、聽音樂、做果醬，偶爾會出去外地旅行。沒出門的時候，就幫外出旅行的鄰居餵貓養狗。

他活得自主、而且自由；個性獨立，卻不孤僻。看不出經濟是否非常寬裕；但可以感受他無缺衣食。

陪我們去亞維儂（Avignon）的路上，他繞過去一個朋友家，來回車程大約需要兩個多小時，只為了送一本好書過去和好友分享。

很多已屆中年的單身朋友，常跟我聊起未來的銀髮生活，但說真的，我聽完都覺得有點不切實際。這次旅行，近身看到丹尼爾過的日子，從他身上學到一種近乎完美的獨居生活方式，以及真誠對待自己與別人的態度，對我來說，是一次很深的反省，也是很大的收穫。

所有的旅行，從未眞正結束

不管我離開多遠、去過哪些國家，每次返抵國門，回到家裡自己的房間，我都認真地告訴自己：「旅行結束了！」只有這一次，我沒有這麼做。我知道，有很多新的想法，又開始正在出發。

此刻，我終於明白：所有的旅行，從未真正結束。

幾個星期後，我收到一張來自巴黎的CD，是我第二度去丹尼爾家吃晚餐時，配蘑菇雞腿飯的音樂，葡萄牙法朵歌手安東尼・贊布若（Antonio Zambujo）的《Por meu cante》專輯。

我專注傾聽他深情的吟唱，思緒不禁回到丹尼爾住家的燭光中，從伴奏中依稀可以聽到六弦的中提琴與梨子狀造型的葡萄牙十二弦吉他，帶著我重回里斯本故事的深情裡。在音樂聲中，這或許將會是又一次靈性成長旅行，帶著我與另一個自己重逢。

BEFORE

遊遍千山萬水，試圖找一個可以讓自己身心舒展的空間，定居在熟悉的地點。

AFTER

任何一個無形的空間、或抽象的地點，都是可以安頓自己身心的所在。

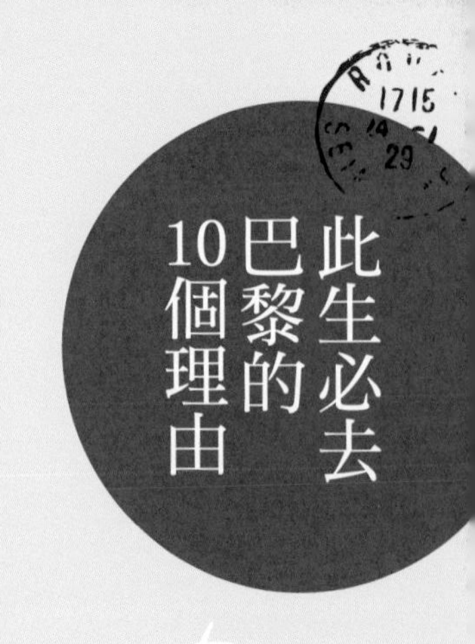

1

見識不是為了血拚，而是為了藝術品的排隊人龍

羅浮宮、奧賽美術館等藝術展覽館門口，每天大排長龍。這是另一種心靈的血拚，偶爾或許也是另一種虛榮——很藝術氣息、很文青式的那種虛榮。

2

體驗英美以外的，既固執又有自信的法蘭西文化

如果你習慣旅行所到之處，都有英文（美語）指標或翻譯，真該好好去巴黎體驗，這裡連地鐵站都不容易看到、或聽到英文（美語）播報站名，於是你終於可以用「鴨子聽雷」的專注，傾聽純正法語發音的優美韻律。

3

搭乘地鐵路線複雜且飄著異味的地鐵

地鐵站裡，一直充滿著法國人的自信，古老的車廂必須手動開門，路線非常複雜，卻不怕迷路。（手機裡有幾款 APP，連離線時都能提供轉乘資訊。）某些通道，終年飄著異味，巴黎人一點都不在乎，連眉頭也不皺。

4

免費使用每次都會自動徹底沖洗的公廁

巴黎路邊的免費公廁，造型很現代感，設備也不馬虎。每一個使用者離開後便關門，將整座馬桶收回後台，徹底清洗乾淨，再以煥然如新的姿態推出來，完成這些手續後，下一位使用者才能按鈕把門打開。完全自動化，無人管理。

5

享用陣容最堅強，人潮最擁擠的露天咖啡座

這是巴黎人最日常的浪漫，幾乎每個路邊的露天咖啡座，都座無虛席。似乎提醒著我們這些亞洲來的觀光客。什麼叫做當下，什麼才是生活！

6

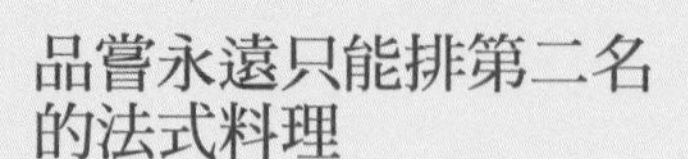

品嘗永遠只能排第二名的法式料理

在巴黎，你可以享用的美食太多，很容易找到你心中的第一名。但對於上菜很慢、擺盤很美、用餐很久、價錢很貴的法式料理，總也是不可錯過的體驗。

7

凝望長相一致卻各有風情的街燈

從巴黎一路到普羅旺斯，每盞街燈的樣式幾乎都是相同的，然而卻風情萬種地各自矗立在專屬於它自己的位置，雖孤芳自賞，卻無可取代。

8

欣賞悠閒站在露台與遊客打招呼的法國女人

法國女人的美麗和優雅，不只是在外貌或氣質，更是一種生活態度。我的旅途，從巴黎延伸到普羅旺斯鄉間，欣賞沿途美景，偶爾抬頭就看到對面住家露台上的女子，一派悠閒地笑看人間。

9 深入梵谷人生最燦爛的輝煌

無論在巴黎的奧賽美術館、阿爾勒的療養院，都收藏了梵谷某個階段的人生，那麼短暫、那麼燦爛，卻已經是永恆。

10 在每個轉角遇見願意改變的自己

巴黎的美，渾然天成。藉由每個角度、每個角落的美感，讓遊客情不自禁地往自己的內心走去。她會激發你拿出自信的美，而不令你自慚形穢。當你可以覺察並接受了自己的不夠完美，就看到自己的改變。因此，擁有無限的可能。

No. 153
AL WEIGHT 44 KGs
TAL NUMBER OF
ECKED PIECES 3
MARGUERITA

中廣流行網綺麗世界大牌主持人李秀媛；
保保旅行社董事長戴啟珩；
達豐公關顧問公司總裁梁吳蓓琳；
雄獅旅遊票務部協理葉翠華；
長榮集團公關執行長聶國維；
長榮航空桃園機場督導趙偉翔；
長榮航空巴黎機場主任林正維；
長榮航空座艙長崔淑芬；
長榮桂冠酒店（巴黎）總經理黃志廣；
巴黎藝術品鑑賞家 Chai Guan Tan；
阿爾勒古董收藏家 Daniel Jelger。

本書採用照片索引：
以下標示頁碼處為吳若權拍攝，
其餘為張八席攝影作品，
謹此特別感謝張八席授權使用。

7、12-13、14-15（跨）、16、17、18左下、19、21左上、24、25、27、32左&右下、33、38、41、44、49右下&中左、50、51、54、55、56右上&左、57、59、60、63上&左中&右、64、71、72、75、76左上&左下、80下、82-83、86左中、89、90、94、97、98、99、101下、104、105、108、112、115、116、120、121、124右下&左中&左下、126、130、132、136、137、138上&右下、141、142、146、147、149、150、151、152、153、155、157、158、159下、161、164、165、166左、170、171、173下、177左下、178、180、181右下、182、185、189、190右、192、193、197、198、199左、200、201、203、204中左1~3&下、207、211、212上&左下、214、215右上&下、217、220中&右、221下、222左下、223下、226

國家圖書館出版品預行編目資料

每一次出發，都在找回自己 / 吳若權著 .-- 初版 .--
臺北市：皇冠．2014.11
面；公分（皇冠叢書；第 4429 種）
（吳若權幸福書房；06）
ISBN 978-957-33-3114-8（平裝）

855 103020347

皇冠叢書第 4429 種
吳若權幸福書房 06

每一次出發，都在找回自己

作　　者—吳若權
發 行 人—平雲
出版發行—皇冠文化出版有限公司
台北市敦化北路 120 巷 50 號
電話◎ 02-27168888
郵撥帳號◎ 15261516 號
皇冠出版社（香港）有限公司
香港上環文咸東街 50 號寶恒商業中心
23 樓 2301-3 室
電話◎ 2529-1778　傳真◎ 2527-0904
責任主編—盧春旭
責任編輯—許婷婷
美術設計—王瓊瑤
著作完成日期— 2014 年 8 月
初版一刷日期— 2014 年 11 月

法律顧問—王惠光律師

讀者服務傳真專線◎ 02-27150507
電腦編號◎ 545006
ISBN ◎ 978-957-33-3114-8
Printed in Taiwan
本書定價◎新台幣 320 元 / 港幣 107 元

慶祝皇冠60週年，集滿5枚活動印花，即可免費兌換精美贈品！

參加辦法 即日起凡購買皇冠文化出版有限公司、平安文化有限公司、平裝本出版有限公司2014年一整年內所出版之新書，集滿**本頁右下角**活動印花5枚，貼在活動專用回函上寄回本公司，即可免費兌換精美贈品，還可參加最高獎金新台幣60萬元的回饋大抽獎！

●贈品剩餘數量請參考本活動官網（每週一固定更新）。●有部分新書恕未配合，請以各書書封（書腰）上的標示以及書內後扉頁是否附有活動說明和活動印花為準。●活動注意事項請參見本扉頁最後一頁。

活動期間 寄送回函有效期自即日起至2015年1月31日截止（以郵戳為憑）。

贈品寄送 2014年2月28日以前寄回回函的讀者，本公司將於3月1日起陸續寄出兌換的贈品；3月1日以後寄回回函的讀者，本公司則將於收到回函後14個工作天內寄出兌換的贈品。

●所有贈品數量有限，送完為止，請讀者務必填寫兌換優先順序，如遇贈品兌換完畢，本公司將依優先順序予以遞換。●如贈品兌換完畢，本公司有權更換其他贈品或停止兌換活動（請以本活動官網上的公告為準），但讀者寄回回函仍可參加抽獎活動。

●圖為合成示意圖，贈品以實物為準。

A 名家金句紙膠帶

包含張愛玲「我們回不去了」、張小嫻「世上最遙遠的距離」、瓊瑤「我是一片雲」，作家親筆筆跡，三捲一組，每捲寬1.8cm、長10米，採用不殘膠環保材質，限量**1000**組。

B 名家手稿資料夾

包含張愛玲、三毛、瓊瑤、侯文詠、張曼娟、小野等名家手稿，六個一組，單層A4尺寸，環保PP材質，限量**800**組。

C 張愛玲繪圖手提書袋

H35cm×W25cm，棉布材質，限量**500**個。

詳細活動辦法請參見
www.crown.com.tw/60th

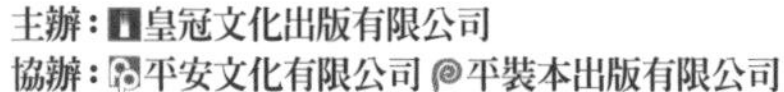

皇冠60週年集點暨抽獎活動專用回函

請將5枚印花剪下後，依序貼在下方的空格內，並填寫您的兌換優先順序，即可免費兌換贈品和參加最高獎金新台幣60萬元的回饋大抽獎。如遇贈品兌換完畢，我們將會依照您的優先順序遞換贈品。

●贈品剩餘數量請參考本活動官網（每週一固定更新）。所有贈品數量有限，送完為止。如贈品兌換完畢，本公司有權更換其他贈品或停止兌換活動（請以本活動官網上的公告為準），但讀者寄回回函仍可參加抽獎活動。

1. ____________ 2. ____________ 3. ____________

●請依您的兌換優先順序填寫所欲兌換贈品的英文字母代號。

1 2 3 4 5

□（**必須打勾始生效**）本人____________（**請簽名，必須簽名始生效**）同意皇冠60週年集點暨抽獎活動辦法和注意事項之各項規定，本人並同意皇冠文化集團得使用以下本人之個人資料建立該公司之讀者資料庫，以便寄送新書和活動相關資訊。

我的基本資料

姓名：____________

出生：______年______月______日　性別：□男　□女

身分證字號：____________（僅限抽獎核對身分使用）

職業：□學生　□軍公教　□工　□商　□服務業

□家管　□自由業　□其他

地址：□□□□□ ____________

____

電話：（家）____________（公司）____________

手機：____________

e-mail：____________

□我不願意收到皇冠文化集團的新書、活動edm或電子報。

●您所填寫之個人資料，依個人資料保護法之規定，本公司將對您的個人資料予以保密，並採取必要之安全措施以免資料外洩。本公司將使用您的個人資料建立讀者資料庫，做為寄送新書或活動相關資訊，以及與讀者連繫之用。您對於您的個人資料可隨時查詢、補充、更正，並得要求將您的個人資料刪除或停止使用。

皇冠60週年集點暨抽獎活動注意事項

1. 本活動僅限居住在台灣地區的讀者參加。皇冠文化集團和協力廠商、經銷商之所有員工及其親屬均不得參加本活動，否則如經查證屬實，即取消得獎資格，並應無條件繳回所有獎金和獎品。

2. 每位讀者兌換贈品的數量不限，但抽獎活動每位讀者以得一個獎項為限（以價值最高的獎品為準）。

3. 所有兌換贈品、抽獎獎品均不得要求更換、折兌現金或轉讓得獎資格。所有兌換贈品、抽獎獎品之規格、外觀均以實物為準，本公司保留更換其他贈品或獎品之權利。

4. 兌換贈品和參加抽獎的讀者請務必填寫真實姓名和正確聯絡資料，如填寫不實或資料不正確導致郵寄退件，即視同自動放棄兌換贈品，不再予以補寄；如本公司於得獎名單公佈後10日內無法聯絡上得獎者，即視同自動放棄得獎資格，本公司並得另行抽出得獎者遞補。

5. 60週年紀念大獎（獎金新台幣60萬元）之得獎者，須依法扣繳10%機會中獎所得稅。得獎者須本人親自至本公司領獎，並提供個人身分證明文件和相關購書發票（發票上須註明購買書名），經驗證無誤後方可領取獎金。無購書發票或發票上未註明購買書名者即視同自動放棄得獎資格，不得異議。

6. 抽獎活動之Deseno行李箱將由Deseno公司負責出貨，本公司無須另行徵求得獎者同意，即可將得獎者個人資料提供給Deseno公司寄送獎品。Deseno公司將於得獎名單公布後30個工作天內將獎品寄送至得獎者回函上所填寫之地址。

7. 讀者郵寄專用回函參加本活動須自行負擔郵資，如回函於郵寄過程中毀損或遺失，即喪失兌換贈品和參加抽獎的資格，本公司不會給予任何補償。

8. 兌換贈品均為限量之非賣品，受著作權法保護，嚴禁轉售。

9. 參加本活動之回函如所貼印花不足或填寫資料不全，即視同自動放棄兌換贈品和參加抽獎資格，本公司不會主動通知或退件。

10. 主辦單位保留修改本活動內容和辦法的權力。

寄件人：

地址：□□□□□

請貼郵票

10547 台北市敦化北路120巷50號

皇冠文化出版有限公司　收